뜰에서 삶을 캐다

뜰에서 삶을 캐다

정복언 제2수필집

정은출판

| 작가의 말 |

구름 뒤의 햇살을

팬데믹, 블랙홀처럼 우리의 언어를 모두 빨아들였다.
누리던 일상이 뒤틀리면서 그 소중함을 깨달았다.
비대면의 관계를 이어가며 흩어져야 산다는 아이러니를 경험했다.
자연의 속앓이도 깊었다.
더는 참지 못해 장마와 폭염과 태풍 속에 절규했다.

어느 나라 모래 해변은 참상의 무대였다.
코로나19 감염자들이 바닷물 속으로 걸어가 생을 마감하고
물결 따라 밀려가고 밀려오는 주검들, 그 생애가 허망하고 서러웠다.
물살에 휩쓸리다 간신히 지붕 위에 올라선 소들의 망연한 눈망울,
살아가라는 침묵의 웅변은 가슴의 메아리로 퍼덕였다.

비켜 가지 않는 세월, 남은 나의 가장 젊은 날을 되뇌면서
노을의 전주인 양 병원을 들락거린다.
식사 거르지 않고 굼뜬 걸음이나마 디딜 수 있음에 감사한다.
주어진 과제처럼 사유의 발자국을 좇아 헤맸지만
몇 줄 건져낸 게 없어 허하다.

소통은 관계의 뼈대, 대화를 나눌 때 나는 듣는 편이다.
언변이 부족한 탓도 있지만, 생기 돋울 만한 삶의 이력이 없어서다.
그래도 왠지 눈가를 적시는 풍경에서 살맛을 만난다.
나의 '뜰'은 잔디와 화초뿐만 아니라 온갖 벌레와 잡초의 서식처이다.
애면글면 적응하는 생명체에서 존재의 가치와 아름다움을 본다.

하늘이 맑고 높다.
천연색 저 푸른 천을 끌어다 포근히 생채기를 덮는다면
깊은 한숨 잦아들까.
따스운 마음의 손길 내미노니 누구라도 혹시 잡아준다면
어설픈 글이 행복해 미소 지으련만.

2020년 가을 익어갈 무렵
정복언

차례

1부/ 시간에 색을 입히다

2부/ 걸으며 생각하며

3부/ 뜰에서 삶을 캐다

4부/ 모과를 마주하고

5부/ 가을걷이

6부/ 인생 단상

1부

시간에 색을 입히다

목숨을 걸지 않는 싸움은 싸움이 아니라고 한다. 이제까지 겉도는 삶만 살아온 게 아닌가 하고 반성하게 된다. 산 너머 너머로 무지개를 잡으러 가는 건 경쾌한 발걸음이다. 그렇지만 젊음과 함께 금세 지나가기 일쑤다. 운명의 바위에 눌리어 옴짝달싹 못하는 시기도 있다.

물총새의 구애
말솜씨
현재를 밟으며
수석의 풍경
시간에 색을 입히다
돈 포획술
사라지는 것들
갯가를 씻으며
사기술의 허실
콘택트렌즈

물총새의 구애

물총새는 고기잡이의 명수다. 호수나 개울 속으로 잠수하여 긴 부리로 조그만 물고기를 물고 올라온다. 나뭇가지나 바위에 물고기를 좌우로 내리쳐 장악한 후 머리부터 삼킨다. 가시가 목에 걸리지 않도록 하기 위함인데 이런 지혜를 어떻게 터득했을까.

새들도 다양한 방식으로 짝을 구한다. 일반적으로 수놈이 암놈에게 구애를 한다. 노래를 불러 마음을 사로잡기도 하고, 아름다운 깃털을 펼치며 눈을 호사롭게 하거나, 먹이로 물량 공세를 펴기도 한다.

물총새의 수컷이 나뭇가지에 앉아 구애의 노래를 부르고 있으면 암컷이 날아와 곁에 앉는 듯하다 날아가 버린다. 수컷이 뒤쫓아 가 사랑의 춤을 추며 마음을 끌다, 고기 잡으러 물속으로 잠수한다. 두세 번 노력 끝에 물고기를 물고 솟아올라 주변의 물체에 물고기를 내리쳐 암놈에게 건넨다. 수놈은 가슴이 쿵쾅거리는 순간을 맞는다. 암컷이 받아먹으면 부부의 연이 되고, 본체만체 자리를 피하면 쓰라린 실연의 현실이 되는 것이다.

나는 물총새가 예비 신부에게 먹이를 바치는 모습을 보고 한참 생각에 잠긴다. 물고기의 꼬리를 물고 머리부터 먹도록 할 생각이 어디서 나오는 걸까. 상대를 배려하는 마음이 인간 못지않다.

배우자의 노력이 마음에 들었는지 암컷은 수컷의 요구에 응한다. 짧은 불꽃이 인다. 종을 이어 가는 의무일까, 아니면 순수한 사랑의 발로일까.

자연의 생명체는 어느 것이나 생존의 기본적인 능력을 타고나는 듯하다.

경이롭다.

말솜씨

"당신, 글쓰기 공부한다더니 말투가 달라졌어요."

아내의 말을 되짚고 머리를 끄덕이는 경우가 생긴다. 일상에서 벗어난 단어며 표현이다. 언어의 유희를 꿈꾸는지도 모르겠다.

어릴 적 우리 집은 종가인 숙부님 댁과 이웃하였는데, 무슨 일이 있거나 특별한 일 없어도 가끔 모이면 세상살이가 말로 익어 갔다. 동네 사람도 몇이 합석한 자리에서 밭농사며 가축에 관한 이야기로 출발하여 주변에서 일어나는 갖가지 이야기로 확대되었다. 숙모님은 말솜씨가 좋아 좌중의 중심에서 이야기를 끌고 가면 웃음이 뭉텅뭉텅 튀어나왔다. 나도 귀퉁이에 앉아 귀를 늘리노라면 어느새 밤이 이슥해졌다.

야속한 날도 있었다. 왜 하필이면 황색 외투를 입은 처녀 귀신 이야기를 해서 밤에 바깥출입을 두렵게 하고, 집은 외진 곳에 자리하여 또래들과 놀 수 있는 시간을 박탈하는지 야속한 생각이 들었다.

어머니는 말솜씨가 부족한 것 같았다. 한 번이라도 이야기의 주인공이 되면 좀 좋으련만 늘 듣기만 하니 어린 마음에도 안쓰러웠다. 나도 부족하기는 마찬가지여서, 친족이나 이웃에 심부름을 나가려면 늘 무슨 말을 해야 하는지 어머니께 여쭈곤 했다.

재능을 타고난다는 건 감사할 일이다. 말솜씨라면 큰 축복일 것이다.

많은 지식을 쌓은 저명인사의 강연에서도 전달력이 부족하여 청중들은 여기저기서 하품과 졸음에 빠지는 경우가 있다. 무명의 강사지만 우스갯소리를 곁들이며 시종일관 시간을 압도하기도 한다. 청중에게 눈망울을 확대시키고 생기를 일으키는 건 내용에 앞선 말솜씨다. 좋은 내용이라면 금상첨화일 테고.

노모가 자꾸 왼쪽 엉덩이 쪽이 아프다고 하신다. 아직 병원 검진은 못 받았고 겉으로는 별 이상이 없다. 아침 식사를 하며 아픈 곳의 상태를 물으니 이내 대답하신다.

"뼈 깊숙이 들어앉아 꺼낼 수도 없고 같이 살 수밖엔…."

어머니에게도 피우지 못한 문학의 씨앗이 있었나 보다. 시나브로 어머니의 어투가 내게로 건너오는 모양이다. 참 대물림 없는 것이 무엇인지.

현재를 밟으며

어제저녁 아내와 동네 길을 산책했다. 길옆 고추밭을 지날 때면 그 주인의 정성에 놀라게 된다. 이랑마다 양옆으로 촘촘하게 대 막대를 꽂고 나일론 끈으로 어망을 짜듯 5층으로 만들어 놓았다. 고춧대의 줄기들이 망 구멍으로 뻗어가며 망사에 의지하여 심한 바람에도 끄떡하지 않을 듯하다. 이런 농부가 거름 주고 농약 치기인들 게을리하랴, 가지마다 제법 자란 고추들이 주렁주렁 달렸다.

집 가까이 왔을 때 이웃에 홀로 사는 할머니와 마주쳤다. 아내와 잠깐 인사를 나누며 시간을 보내지 못해 참으로 힘들다는 속내를 털어놓았다. 몇 마디에도 무료한 심정이 가슴으로 스몄다. 즐기는 일거리도 없고 몸이 편찮거나 생계가 빠듯하다면 하루하루 살아내는 일이 얼마나 힘들까. 고역 중의 고역일 것이다. 노년기를 넉넉히 대비하고 즐기는 사람이 몇이나 될까만.

과정이 좋으면 결과도 좋으리란 생각을 하지만, 인생이 그렇게만 흘러가지는 않는다. 젊어서 겪은 고생을 늙어서 보상받는다면 축복받은 사람이다. 내 생의 끝자락은 어떻게 될까 궁금하고 걱정도 된다. 지금 상태에서 큰 이탈이 없기를 빌 뿐이다.

특히 몰두하는 일은 없지만, 무료하다는 생각은 조금도 없으니 다행이라 여긴다. 책을 읽거나 몇 줄 쓰기도 하고 몇몇 모임 활동에도 참여하고 성당에도 드나드노라면 일주일이 금방 사라진다.

아침에 분재와 오이 호박 가지 들에 물을 줄 때면 저마다 "고맙습니다" "고맙습니다" 인사를 한다. 기분이 좋아진다. 요즘엔 무화과나무에 눈길이 많이 간다. 올봄에 Y 문우한테서 튼실하게 뿌리 내린 꺾꽂이 무화과나무 묘목을 하나 얻어 심었더니 내 키를 넘어섰다. 가지도 몇 쳐 주면서 잎자루 곁에 몽실몽실 열매도 키우고 있다. 열매는 얼마나 클까, 맛은 좋을까 궁금증이 내일을 기다리게 한다.

애처롭게 바라보는 무화과나무가 또 하나 있다. 지난겨울 초입에 이웃집 울타리에서 가지 하나를 꺾어서 화분에 꺾꽂이한 후 물주기에 신경을 썼다. 철이 안 좋은 때라 살아날 수 있을까 걱정이 앞섰다. 나의 바람에 부응하듯 푸른 생기를 잃지 않고 봄을 맞았다. 정성스럽게 텃밭 한쪽에 옮겨 심었다. 어찌 된 일인지 이놈은 아직도 외줄기로 두 뼘 정도밖에 자라지 못했다. 일조량에 다소의 차이가 있겠지만 두 무화과나무의 성장 속도가 이렇게 차이가 날 수 있을까. 하긴 삼쌍둥이도 성격이 다르다 하니 생명체는 신비 자체인 것 같다.

화초에 눈 맞추다 잎사귀 겨우 서넛 내민 어린나무를 발견했다. 이내 궁금증을 못 참아 화분에 심어 잘 관리할 요량으로 꽃삽으로 떠내었다. 뿌리는 콩알만 한 씨껍질을 반쯤 벌리고 자리하고 있었다. 어떤 나무이며 어떤 열매를 맺을까 궁금증이 일었다. 며칠 후 화분을 살펴보았더니 윗잎 두 개가 말라 버렸다. 알을 깨고 밖으로 나오지 못한 새가 연상되었다. 보살핀다는 건 오달진 내 생각일 것이다. 인간은 대부분 주어진 운명을 싫어해도 자연은 운명을 사랑하지 않을까 하는 생각이 스친다. 자연은 자연에 맡기는 게 순리일 테다. 미안함이 짙게 밀려온다.

울담 주위에는 꽤 큰 삼나무와 까마귀쪽나무들이 있다. 울안에는 새가 좋아하는 열매들도 많은 편이다. 요새는 이런저런 새들이 드나들며 보리밥나무 열매로 포식한다. 새가 여기저기 열매의 씨를 떨어뜨려 싹이 트기도 한다. 비파나무 앵두나무 배롱나무는 몇 개의 잎만 보아도 수종을 알 수 있다. 더 필요치 않으니 뿌리째 뽑아 버린다. 그러나 수종을 알 수 없는 몇 그루는 열심히 돌보고 있다.

화분을 반그늘에 옮겨 놓아서인지 애태우던 여린 싹이 생기를 찾은 모양이다. 얼마를 지나야 정체가 드러날까. 우리 사이는 어떤 인연이 펼쳐질까. 이미 울안에서 자라는 나무와는 다른 수종이면 참 좋겠다.

내일은 처음 맞는 오늘이 될 것이다. 지금 여기라는 현인들의 말이 실감 난다. 미래는 살짝 덮어 두고 지금을 열심히 살아야겠다.

뜰에는 만개한 빨간 샐비어가 바람과 살랑살랑 지금을 즐기고 있다.

수석의 풍경

현관을 열고 집 안으로 들어서면 오른쪽에 자그만 붙박이 구조물이 하나 있다. 위쪽은 네 층짜리 진열대요, 아래쪽은 문이 달린 신발장이다. 진열대는 몇 점의 수석과 수수한 도자기가 자리하여 나름대로 존재감을 내보인다.

오래전 수석 열풍에 빠진 적이 있었다. 주말이면 탐석하러 혼자 들이나 바닷가를 돌아다녔다. 독수리의 시선으로 마주치는 돌멩이에서 돌덩이까지 샅샅이 살폈지만 헛걸음치기 일쑤였다. 탐석 광풍이 이 지역을 휩쓸고 지나간 한참 후여서 당연한 결과였다.

하릴없이 인터넷으로 수석 가게와 옥션 수석에도 기웃거렸다. 맘에 드는 매물을 만나면 용돈을 털어 넣으며 여러 점 매입하였다. 주로 문양석이었다. 꽃이 피기도 하고 나무가 자라기도 하고 폭포수가 떨어지기도 하였다. 석양 노을이 불타는가 하면 심산유곡이 들어앉기도 하였다. 신이 아니고서야 이런 작품을 만들 수 있으랴.

이들 중에 '겨울 나목'과 '유채꽃'이라 명명한 애장석이 있다. 오랜 세월 함께하노라니 풋풋했던 인연도 시드는지 무심히 지나치다가도, 수석이 품은 계절이 깊어지면 그 풍경을 헤집으며 사유의 들판을 거닐곤 한다.

'겨울 나목'은 손바닥 비슷한 모양과 크기로 도톰하지 못한 게 다소 흠이나 풍경만은 압권이다. 회색 바탕에 짙은 검정 줄기와 몇 개의 가지가 수묵화로 뻗어 있다. 이에 더하여 하얀 눈이 사방에서 점점이 내리고 있지 않은가. 잠시만 바라보아도 눈과 뒹굴었던 시간들이 다가와 손을 내민다.

마당에서 동생들과 뛰놀며 눈싸움도 하고 눈사람도 만들던 유년 시절은 얼마나 순박했던가. 좋아한다는 말 한마디 꺼내지도 못하고 눈을 맞으며 설렘의 발자국만 나란히 남기던 여인은 어떻게 살고 있을까. 폭설 속에 장인의 장례를 치르던 날은 왜 그리도 시렸을까. 망각의 울타리 안에 가둬 둔 아득한 시간은 어쩌자고 이따금 빼꼼히 얼굴을 내미는가. 다시 돌아갈 수 없는, 사라지지도 않는 수많은 기억의 파편들이 생애의 뼈마디처럼 묵직하다.

겨울은 시련의 계절이고 인생의 종착역이기도 하다. 희망을 품게도 하고 죽음을 생각게도 한다. 삭풍이 옷깃 속으로 파고들면 나목이 따스한 봄을 꿈꾸듯, 사람도 울음을 삼키며 희망을 손짓한다. 역경은 인내심을 키우는 자양분이며 쓰러진 마음을 일으키는 원동력이다. 매정한 듯 따스한 아버지의 손길 같다.

아울러 겨울은 죽음의 정체를 파고들라고 격려한다. 그 미스터리 안으로 한 발짝 들어서지 못하지만, 가끔 생각해 보는 것만으로도 겸손을 배우게 된다. 유한성으로 하여 인생은 허무하면서도 옹골차게 살아내는 힘이 생기는 게 아닐는지.

겨울이 지나면 생명의 계절, 봄이 찾아온다. 시든 내 마음도 기지개를 켠다. 굳어버린 마음밭에도 푸른 싹이 돋기 시작한다. 산과 들에도 온갖 꽃이 만발한다. 이때쯤이면 나는 '유채꽃' 수석에 함께 물든다. 다소 길쭉하고 통통한 몸체에 유채밭이 들어앉아 여기저기 흐드러지게 꽃을 피워낸다. 나비와 벌이 날고 노란 향이 사방으로 퍼지는 듯하다.

요즘에는 유채꽃 축제가 여기저기서 열린다. 상춘객들은 넓게 펼쳐진 노랑 물결 속에 마음을 담그면서 봄의 생기를 만끽한다. 희망의 날개를 파닥이며 높이 솟아오른다. 자연의 아늑한 품속에서 걸어가는 발걸음은 얼마나 가볍고 여유로운가. 좋은 시절이다.

하지만 유년의 유채꽃은 내 감성을 일으켜 주지 못했다. 탄성을 지르기엔 일상이 무거웠다. 고작 마당 귀퉁이에 심긴 달리아 봉숭아 맨드라미만 꽃인 줄 알았다. 좁은 마음엔 밭 하나 가득 피어난 풍만함을 담을 수가 없었다. 실은 그게 아니었을 것이다. 고사리손으로 비료를 뿌리거나 김을 매거나 유채 씨앗 터는 일을 거드는 시간은 늘 더디고 힘들었다. 노랑 물이 뚝뚝 떨어지는 그 길을 메마르게 지나며 시간은 쉼 없이 흘러갔다.

나이 들어 깨닫는다. 꽃은 흙에서만 피는 게 아님을. 돌에서도 피고 내 마음에서도 피고 짐을. 그렇구나. 나이와 함께 인식의 틀이 많이 변하는가 보다. 온 힘을 쏟았던 일들이 한날 놀이처럼 여겨질 때 이미 나는 낙엽의 길에 들어선 것이 아닐까.

순연히 자연의 일원으로 풍화하는 것, 그게 노인이 받는 선물이지 싶다. 나이 들수록 마음이 넓어지는 것 같다. 세상의 것들을 다 품고 싶은가 보다. 사랑스럽지 않은 게 없다. 쓸모없는 게 없다. 구르는 낙엽 하나에 내가 들어 있음을 느껴보곤 한다.

만물은 신의 언어를 몸으로 쓴다지. 제각각의 형체와 제각각의 장소에서 무언의 언어를 명료하게 드러낸다지. 소통이 안 된다면 내게 문제가 있음이다. 침묵의 언어를 배워야겠다.

오랜만에 젖은 수건으로 수석들을 닦는다. 얼굴이 더 고와진다. 돌에 피어난 유채꽃과 눈을 맞는 겨울 나목이 신이 나서 이야길 전하는 듯하다. 어느새 가만히 귀를 열고 있다.

시간에 색을 입히다

꼭두새벽에 잠을 깼다. 굵은 빗줄기가 지붕을 악기처럼 울리고 있다.

좀 더 눈을 붙여야 하는데 쉬 잠이 올 것 같지 않다. 다섯 시간의 수면을 못 이루면 하루의 어디쯤에서 티가 난다. 몸이 찌뿌둥하고 의식이 흐리멍덩해진다. 낮잠을 청해도 되겠다 싶어서 망설이지 않고 일어났다. 맘껏 하루를 쓸 수 있다는 게 얼마나 큰 축복인가.

정신 차리고 나서 잠시 기도를 한다. 호흡하는 것처럼 빠뜨리지 않는 하루의 첫 일과다. 아주 편안한 자세로 십자고상을 바라보며 앉는다. 정해진 글을 몇 줄 읽듯이 기도문을 외고, 피붙이와 세상 사람들의 안녕을 기원한다.

몇 년을 이어 가는 습관이다. 습관은 굳어질수록 의식儀式이 되고 의식은 서서히 퇴색하기 마련이다. 내 안의 내가 종종 나를 심하게 질타한다. '그건 기도가 아니야. 녹음기에서 흘러나오듯 숨결이 없잖아, 숨결이 없다고. 그건 비몽사몽의 하소에 불과해.'

맞다. 곁에서 하느님을 뵙듯 할 수 있는 언행이 결코 아니다. 마음을 다하고 목숨을 다하고 힘을 다하라는 사랑의 자세와도 거리가 멀다. 살아오면서 몇 번이나 시간을 절절하게 껴안았던가.

어제는 지인이 부친상을 당해 문상을 다녀왔다. 요즘엔 웬만하면 90세 전후까지는 살아가는 시대가 되었다. 누구도 자리에 누워 목숨만 부지하는 걸 원치 않는다. 최후까지 기본적인 몸놀림이 가능하기를 소망한다. 바람대로 안 되는 일이어서 더욱 건강 관리에 유념할 당위가 생기고, 너나없이 가벼운 운동이라도 게을리하지 않는다.

저녁에 아내와 걸으면서 나눈 대화 한 토막이 나지막이 가라앉는다.

"난 요즘 들어 내일 죽어도 회한이 없도록 살려고 노력 중이오."

"저도 죽음을 대비해요. 나이 들면 누구나 그러지 않을까요?"

대화의 핵심은 다소 달랐다. 나는 하고 싶은 일에 무게를 두었고 아내는 노년의 건강이 초점이었다. 건강을 잃으면 다 잃는 거라며 책상에만 매달리는 걸 타박한다. 나도 죽음을 대비한다는 아내의 말이 안타까웠다. 몸 여기저기 아프다는 말이 늘고 있다. 무엇이 세월을 피할 수 있으랴. 마음에도 덧없는 세월만 쌓여 과거로 흐르거늘.

목숨을 걸지 않는 싸움은 싸움이 아니라고 한다. 이제까지 겉도는 삶만 살아온 게 아닌가 하고 반성하게 된다. 산 너머 너머로 무지개를 잡으러 가는 건 경쾌한 발걸음이다. 그렇지만 젊음과 함께 금세 지나가기 일쑤다. 운명의 바위에 눌리어 옴짝달싹 못 하는 시기도 있다. 기억을 떠날 줄 모르는 불운의 손님은 어떻게 해서라도 망각의 방으로 모셔야지 도리가 없다. 때로는 살아가고 때로는 살아내며 시간을 물들여야 한다. 사람이 걷고 싶은 길은 크게 다르지 않을 것이다. 행복하게 살다 편안히 눈 감는 일.

날이 밝아도 비는 이어지고 있다. 창밖으로 비 내리는 풍경을 바라본다. 나무도 풀도 비를 피하려 들지 않고 오롯이 받아들이고 있다. 바람도 이것저것 가리지 않고 모든 걸 어루만진다. 자연은 어느 것 하나 제 역할을 탓하는 법이 없다. 있을 자리에서 충실하다. 그게 자연의 이치인 것 같다.

시간의 손놀림으로 채색되는 생명의 수채화에 감동할 때가 많다. 무심결 잎이나 줄기, 꽃이나 열매에서 번져 나는 빛깔의 순연함에 빠져들곤 한다. 무채색으로 내면의 시간을 조탁하는 무생물에도 가만히 눈길로 쓰다듬으면 느낌을 전해 온다. 못 읽었던 의미가 살아나고 눈맞춤에 가슴이 뛰기도 한다.

인생은 나서 살다가 죽는 거라고 누가 말했던가. 단순한 만큼 복잡한 역설이 여기저기 숨어 있게 마련이다. 인생만큼 복잡하고 오묘하고 신비로운 것도 없을 것이다. 나고 죽는 건 어쩌면 내 몫이 아니다. 사는 일만 내 몫이라 여긴다. 그것도 반쯤은 누가 끌거나 밀어주어 가능하다.

내 몫으로 살아가는 일, 나무처럼 그 시간의 뿌리와 줄기와 잎에도 채색하고 싶다. 멀리서도 잘 보이도록 가능하면 원색으로 선이 굵은 그림을 그리고 싶다. 본질에 다가서고 싶다.

시간은 누구에게나 마지막일 때 원색을 풀어 놓는다. 걸맞은 생의 빛깔과 밝기와 맑기를 드러낸다고 하지 않는가. 옛집으로 돌아가면서 사람들의 마음 벽에 걸리는 생의 수채화나 묵화, 내 그림은 어떤 모습일까 궁금하기만 하다.

지병으로 힘들어하는 어느 지인은 2년만 더 살아 고희를 맞을 수 있다면 좋겠다고 한다. 나는 이미 그의 소망을 넘어선 사람이라 생각하니 섬뜩한 생각이 스민다. 보일 듯 보이지 않고 들릴 듯 들리지 않게 흘러간 세월의 물줄기, 시간을 너무 푸대접한 건 아니었을까. 이제부터라도 정중히 맞아들이고 극진히 섬겨야겠다. 허물처럼 껍데기를 벗고 알맹이를 살아야겠다. 먹을 때는 먹고 잠잘 때는 잠자고 하늘을 볼 때는 하늘을 우러르며 몰입하는 시간으로 채워야겠다. 나답게 살며 참 자아를 사랑해야겠다.

마음은 자성체라고 한다. 선하면 선한 것이 몰려오고 악하면 악한 것이 몰려온다. 기뻐하면 기쁨이 다가오고 슬퍼하면 슬픔이 다가온다. 낙천적인 사람은 낙천적인 일들에 둘러싸이고, 비관적인 사람은 비관적인 일들에 휩싸이게만 된다.

나는 요즘 행복에 기울어 다행으로 여긴다. 이유 없이 막연하게 그렇다. 아름다운 노을의 시간을 먹빛으로 덧칠할 이유가 없지 않겠는가. 가까이 있는 것들이 환하게 웃고 있다.

비가 춤을 춘다. 얼쑤, 사방에서 춤사위를 돋운다. 오늘의 시간을 파랗게 색칠해야겠다.

돈 포획술

대물림으로 부자인 사람에게는 별 감흥이 없다. 그러나 빈손으로 자수성가한 사람에게는 큰 박수를 보내게 된다.

지난해 말 어느 신문에 실린 이재호 리골드 회장의 부자 비결이 눈길을 끌었다. 남에게 도움을 안 주곤 돈을 벌 수 없다는 경제관이 유별나서다. 그는 가난으로 인해 초등학교 7개월의 학력뿐이어서 스스로 무식한 사람이라고 부른다. 17세에 백화점 점원으로 출발하여 기술이 있어야 먹고 산다는 생각에 시계방을 찾아 기술을 배웠다. 그 뒤 금방을 겸한 시계 수리점을 열었다고 한다.

1979년 2차 오일쇼크로 경기가 어려웠을 때 서민들은 현금을 마련하려고 금반지 금목걸이 금팔찌 등을 내다 팔았고, 그는 이를 사들여 골드 바를 만들고 부동산에도 투자하여 성공했다.

'하루라도 일을 하지 않으면 죽는다'는 강박에 빠져 심신이 피폐해지던 38세 때 재산을 어림해 보니 여생을 충분히 살 수 있겠다 싶어 금방을 처분하였다. 1년만 쉬려고 작정했으나 돈을 써 본 적이 없어 돈 쓸 줄도 모른 채 산에 오르내리는 것이 고작이었다. 어느 날 산사의 법회를 구경하다가 설법에 감동을 받았다.

극락과 지옥의 환경은 같은데 극락 사람은 얼굴에 윤기가 나고 지옥 사람은 피골이 상접하였다. 이런 차이는 숟가락 사용법에 있었다. 모두가 똑같이 긴 숟가락을 제공받았지만, 극락 사람들은 상대에게 먹여 주고 지옥 사람들은 스스로 먹으려고 하니 음식을 흘려버려 제대로 먹지 못한 결과였다.

그는 깨달았다. '이게 진리야. 남에게 도움을 안 주고는 나도 돈을 벌 수 없다. 잘 사는 것은 결국 남을 돕는 경쟁이다.'라고.

금목걸이 소매에서 직접 제조할 요량으로 가내 공장을 찾았다. 당연히 문전박대를 받았다. 생명줄 같은 비법을 기꺼이 전수해 줄 사람이 어디 있겠는가. 그는 금목걸이 재료를 대고 제품을 모두 팔아 주고 이익을 전부 넘겨주겠다는 조건으로 기술을 익혔다.

기계를 돌렸으나 만족스러운 제품이 나오지 않았다. 애인에게 줄 가장 아름다운 금목걸이를 만들려는 일념으로 우여곡절 끝에 이태리 '시스마'라는 업체에서 두 달 동안 체인 기술을 배우고 나서 기계 설비를 도입하였다. 직원들의 만류에도 경쟁사에 이 기술을 전해 주었다. 더 많은 사람이 좋은 목걸이를 살 수 있다면 괜찮다고 여기는 마음이 아름답다.

그는 말한다. "원하는 만큼 돈을 벌려면 그 금액에 해당하는 만큼 타인의 필요를 충족시키고 만족시켜야 한다. 그러면 부와 성공은 저절로 따라온다."

품질로 정면 승부를 걸어야 한다는 말이다. 멋진 돈 포획술이 아닌가.

몇 달 전 동네에 새로 식당이 생겼다. 아직 가본 적이 없다. 아침 산책을 하다가 출입문 유리창에 눈길이 쏠렸다. '업주 실명제'라는 제목 아래 성명, 출생연도, 출신지, 약력 등이 소개되어 있다. 이름을 걸고 돈을 낚으려는 포획술, 이 또한 당당하고 멋져 보인다. 입소문이 나며 성공하면 좋겠다.

2011년 한 여자상업고등학교에서 정년을 눈앞에 두고 3학년 학생들에게 경제교육을 한 적이 있다. 학부형인 강사가 '리치 시크릿'이란 주제로 열강을 하여 많은 호응을 받았다. 오래되어서 강의 내용은 많이 잊었지만 한 가지는 아직도 생각난다. 보통 사람은 돈을 벌기 위하여 자신이 일하지만, 부자는 돈에게 일을 시켜 돈을 번다는 것이다. 밤낮없이 일하는 사람 중엔 부자가 별로 없단다. 부자들은 조금만 일하거나 아예 일하지 않고도 돈을 부리며 여유롭게 산다. 그걸 모를 사람 누가 있을까만, 그래도 무언가 차이는 있을 것이다. 인과가 있게 마련이니까.

돈은 괴물이다. 쉽게 자신을 내주지 않는다. 옛날부터 지금까지 개인이나 집단이나 국가마저도 이놈을 포획하려고 별의별 궁리를 다 하지만 쉽게 돈을 벌 수 있다는 이야기는 없다. 복권에 당첨되었다는 소문 말고는.

누구나 돈을 한입 깨물지 않고는 살아갈 수 없는 게 인생살이여서 황금을 돌같이 대하기도 어렵다. 신앙생활도 돈 없으면 어려운 게 현실이다. 경제가 올해도 어렵다고 한다. 오래전 모 카드회사가 유행시킨 '부~자 되세요'라는 광고 카피를 꺼내기도 머쓱해지는 오늘이다. 어떤 그물을 던지면 대물을 포획할 수 있을까, 아니 잔챙이라도 걸려들게 할 수 있을까.

경제 입안자들이여, 서민을 위한다면서 외려 서민 죽이는 정책일랑 펴지 마시길. 표 얻을 생각으로 물고기 나누는 포퓰리즘을 멈추고 물고기를 잡을 수 있도록 일자리 정책 세우고 기업 할 분위기 조성하시길. 그리하여 고용 한파 몰아내시길.

얄팍한 지갑 속을 본다. 갈색도 한 장, 배추 색도 서너 장이 숨어있다. 그래도 고맙다. 누구에게 감사할 일인가.

사라지는 것들

허전하다. 작지만 작지 않은 풍경 하나가 사라져 버렸다.

아침저녁 희붐한 시간에 가볍게 동네를 걷다 보면 무밭을 만나게 된다. 꽃이 피기 전에는 그냥 지나치던 곳인데 언제부턴가 소박하게 한둘 피어나더니 며칠 새 무리 지어 하얀 세상을 만들었다. 눈길을 당기는 마력이 〈메밀꽃 필 무렵〉에 묘사된 산허리에 소금을 뿌린 듯이 피어난 그 분위기를 떠올리게 했다.

크거나 화려하지 않아 텃밭에서 만나는 한둘의 무꽃은 애처롭게 다가오는데, 여럿 모이니 저력을 발휘하는 것 같았다. 좀 떨어져서 보면 흰 눈이 쌓인 듯도 하고 솜이불을 펼친 듯도 하여 벌러덩 드러눕고 싶은 생각마저 일곤 했다.

며칠 전 저녁 산책에서 그 흐드러진 무꽃이 사라졌음을 보고 휑한 가슴을 쓸어내렸다. 물론 주인이 가축의 먹이나 다른 용도로 베어갔을 것이다. 그 사이라도 동네를 아름답게 수놓았으니 주인을 나무랄 일은 아니다.

그렇지만 풍광이 빼어난 곳을 사유지라 하여 막무가내로 개발하려는 경우가 흔하다. 이런 경우엔 여지없이 주민들이 반대 목소리를 높인다. 사유성과 공공성의 충돌 사이에 묘안은 없을까. 재정이 문제이긴 하지만 지자체가 그런 곳을 사들여 관리하는 것도 하나의 대안이 되지 않을까 싶다.

북쪽 울타리 밖을 따라 커다란 삼나무와 까마귀쪽나무 몇 그루가 사이좋게 하늘로 뻗고 있다. 이로 인해 온갖 새들이 드나들며 노래를 불러댄다. 듣노라면 새의 세계에도 음치가 있는 모양이다. 까치는 나를 닮아서인지 굵고 깨진 소리로 귀를 거슬리게 한다. 악다구니 세계에선 단연 선두일 것 같다. 그뿐만 아니라 울안의 과일을 파먹고 검둥이 사료를 훔치고 대야의 물로 목욕하고 배설까지 하는 경우가 있다.

이놈들이 살아가기 좋은 명당이라 여겼는지 삼나무 우듬지 가까이에 집을 짓기 시작했다. 부부 까치는 여러 날 삭은 나뭇가지를 물어다 얼기설기 공사를 시작하더니 제법 튼튼한 보금자리를 만드는 게 아닌가.

나는 손익계산이 무디다고 생각하면서도 실은 그렇지 않은 것 같다. 내가 손을 길게 뻗을 수만 있다면 단박에 걷어내고 싶은 걸 보면. 바람이 내 마음을 읽었는지 어느 날 세차게 불어 반쯤 집을 허물어 버렸다. 까치는 포기하지 않고 이내 보강공사를 시작하여 더욱 튼튼히 만들었다. 태풍에도 끄떡없을 것 같았는데, 바람이 화가 치밀었을까 며칠 전 까치집을 흔적없이 날려버렸다. 까치야, 이건 내가 한 게 아니어서 내게 원망이랑 하지 마라. 속으로는 좋아하면서 한편 불쌍한 생각도 드는 건 왜일까 모르겠다.

떠나는 생은 언제나 슬프다.

생명체란 자연의 위력에 순응할 도리밖에 없는가 보다. 요즘 세계를 휘두르는 코로나19의 횡포 앞에 인간은 한없이 무력해 보인다. 동영상 한 토막을 보고선 할 말을 잃었었다. 돈이 없어 병원 치료를 못 받은 미국인 감염자들이 바닷가로 걸어가 최후를 맞은 모습이었다. 그것도 경제력이 세계 최강이라는 나라에서.

물결 따라 떠다니는 주검들과 이를 수습하려는 사람들이 슬픈 풍경을 이루었다. 아무리 가난해도 감염병이 아니었으면 가족이 지켜보는 상황에서 고이 눈을 감을 수 있었을 텐데.

돌아온 탕자를 맞는 아버지 심정이라니.

하찮은 물건도 정이 들면 가격을 초월한다. 내게는 아끼는 1단 묵주가 있다. 특별한 건 아니고 흑단 묵주알이 묵직한 느낌을 주며 굵기도 적당하여 산책을 나설 때면 곧잘 갖고 다닌다.

코로나19로 인해 오래도록 미사를 중단하다 재개한 날 아침, 주머니에 이 묵주를 넣고 아내와 미사를 보러 다녀왔다. 저녁 산책을 나서려고 할 때 묵주 생각이 나서 호주머니를 뒤졌지만 없었다. 기억을 더듬으며 여기저기 훑었지만 오리무중이었다. 다른 묵주도 몇 개 있지만, 알이 크거나 작고 재료가 목재가 아니고 수정이어서 싸늘한 느낌을 준다. 편애는 나쁜 줄 알면서도 다시 같은 것으로 구매하는 수밖에 없다고 생각했다.

나이 탓만은 아닐 텐데 물건을 곁에 두고도 찾지 못하는 경우가 흔하다. 이럴 때면 주술처럼 성모님께 도움을 청한다. 이상하게도 좋은 결과를 얻는다. 이번에도 입버릇처럼 '성모님께 기도를 드릴 때 애용하는 묵주를 찾게 해 주세요.' 하고 되뇌었다.

그 묵주는 자동차 운전석 왼쪽 문에 달린 조그만 홈통에 놓여 있었다. 무척 기쁜 건 만여 원이 절약되었다는 사실이 아니라 기도의 응답을 들은 느낌 때문이었다. 인생을 살아가면서 이런 소소한 행운이 어찌 작다고만 하겠는가.

생성과 소멸은 시간 차이를 두고 함께 굴러야 하는 두 바퀴, 예외 없는 자연의 법칙일진대 나는 어떻게 걸어가야 하나. 달빛 품은 무꽃 풍경이 넌지시 손짓하는 것만 같다.

갯가를 씻으며

바다가 기분이 좋아진 모양이다. 숨결이 잔잔하다.

올해 가입한 (사)바다사랑실천협의회 사무국장으로부터 두 번째 메시지를 받았다. 제22회 바다의 날 기념식에 참석해 달라는 내용이다. 일시와 장소가 들어 있다.

초행길이기도 하지만, 어떤 모임에라도 늦으면 큰일 나는 듯이 살아온 터라, 일찍 차를 몰았다. 용담 레포츠공원 주차장에 차를 세우고 사방을 둘러보아도 아직 회원들 얼굴이 안 보인다. 너무 일찍 도착했지만 넉넉한 여유에 기분이 좋다.

고개를 드니 망망대해가 펼쳐져 있다. 깊이 잠든 숨결이다. 코앞의 닥그네 포구로 향하니 작은 둥지처럼 평화롭다. 포구 제일 안쪽에는 조각배 대여섯 척이 낚시꾼들을 기다리다 하품을 하고, 칸을 나눈 이웃 방파제 너머에는 좀 더 큰 배들 몇 척이 저들끼리 여담에 빠져 있다. 제일 바깥쪽에는 집어등을 주렁주렁 매단 배 한 척이 미동도 없이 자리를 지키고, 배 안에서는 어부 혼자 갈치 낚는 어구 손질에 여념이 없다.

외곽 방파제 끄트머리에는 칠팔 명 조사들이 낚시 삼매경에 빠져 있다. 천천히 다가가 그들의 동작을 살핀다. 운 좋게 대어 한 마리 올라오기를 기대하며 멀리 낚싯줄을 던지지만 한참 소식이 없다. 이럴 땐 잔챙이라도 한 마리 올라와야 저는 손맛을, 나는 눈맛을 볼 텐데.

야외에 가지런히 놓인 간이의자에 앉아 기념식을 기다린다. 도 관계자들과 세 단체 회원들이 자리를 채웠다. 기념식은 기계처럼 돌아간다. 귀빈 소개, 약식 국민의례, 기념사, 축사, 유공자 표창 등이 이어진다. 연이어 친숙한 얼굴이 마이크를 잡는다. 우리 모임의 전임 사무국장이며 함께 수필 공부를 하는 문우다. 순간 세운 귀들을 잔인하게 흔들며 창공으로 치솟는 여객기 굉음이 마이크 소리를 삼킨다. 큰 것이 작은 것을 삼키는 현실이지만 여기 모인 사람들은 나비의 가녀린 날갯짓을 간절히 꿈꾼다. 바다를 사랑하고 자연에 볼을 비비려는 마음 하나로.

활기를 되찾은 마이크가 해초비누 만드는 방법을 설명하고 있다. 분쇄기로 마른 해초를 가루로 만들고 몇 가지 재료를 더하여 천연 비누를 만들어 이용하면 여드름, 아토피, 건성 피부, 비듬 등에 효과를 볼 수 있다고 한다. 요즘 제주 해안에 몰려와 해양파괴범으로 지탄받는 괭생이모자반을 퇴치하는 단서가 될 듯도 하다. 그는 해초비누를 만들고 사용하는 방법이 담긴 인쇄물과 함께 만들어 온 비누를 참석자들에게 하나씩 나눠 준다. 사익을 위한 선전이 아님을 잘 알기에 나는 그의 고운 마음에 찬사를 보낸다.

기념식이 끝나자 우리 회원 30여 명은 배당된 구역의 정화 활동을 위해 장갑을 끼고 포대를 들고 갯가로 다가간다. 바위틈 군데군데 불청객 괭생이모자반이 침투하여 바다를 울리고 있다. 팔에 힘을 주며 잡아당겨 포대에 담는다. 젖은 몸체가 물컹하고 무겁다. 부패한 냄새가 이내 코의 감각을 점령해 버린다. 옆 사람과 함께 볼록해진 포대를 정해진 곳으로 옮긴다. 무게가 분산되어 혼자서 못하는 일이 둘이선 가능해진다. 이게 함께하는 삶의 의미일 테다.

어릴 적 고향에선 '듬북'이라 부르며 거름으로도 사용하던 괭생이모자반은 이제 천덕꾸러기가 됐나 보다. 세월 따라 변하지 않는 게 뭐일까. 다들 변하게 마련인 것을.

아울러 불청객과 사촌쯤인 참모자반이 생각난다. 이곳에서는 흔히 '몸'이라 부르며 그것으로 몸국을 만들어 먹는다. 옛날에는 결혼식 전날을 가문잔치라 하여 친족이나 동네 지인들이 축하하러 오면 필히 이 국을 대접했었다. 돼지고기 삶았던 물에 참모자반과 돼지고기, 빼다귀들을 큰 가마솥에 넣고 끓인 후 대파를 썰어 얹으면 맛있는 먹거리였다. 지금도 옛 방식에 몇 가지 재료와 양념을 보태면 별미다. 어릴 적 음식 맛은 어디 숨었다 간간이 살아나는지, 그 맛이 그리워지면 가끔 아내에게 조르곤 한다.

손발이 잰 회원들은 진즉 일을 끝내고 뭍으로 올라가 담소를 나누고 있다. 문우와 나는 마감에 열중한다.

일행 쪽으로 다가가니 한 여성 회원이 나를 보며 말한다.

"선생님, 오늘 일 많이 하셨어요."

때론 땀방울이 사실을 웅변하는가 보다. 세월이 달라붙어 느려진 동작으로 얼마나 했을까만, 나름대로 열심히 한 것은 사실이다.

이제야 바다가 순해진 이유를 알겠다. 일 년에 한 번이라도 많은 사람이 자신을 기념하니 기쁘지 않겠는가. 저 멀리 수평선을 향해 작은 사랑의 마음을 전한다.

잔잔한 물결 위로 오가는 배들이 평화롭다.

사기술의 허실

인간이 흉내 낼 수 없는 기능을 발휘하고 지략을 펼치는 동물들이 있다. 그들의 생존전략에 경탄하지 않을 수 없다.

오늘 새벽 일찍 잠에서 깨어 티브이 채널을 돌리다 '타고난 사기꾼들'이란 프로그램에 시선이 머물렀다. 갑오징어는 주변 색과 일치하도록 몸 색깔을 자유자재로 변화시키는 색의 마술사이고, 굴파기올빼미는 방울뱀의 접근을 막기 위해 방울 소리를 흉내 내는 소리의 재주꾼이다. 적들이 감히 접근하지 못하도록 맹독 뱀의 색깔을 빼닮은 뱀이 있는가 하면, 유전적 변이로 갈기가 돋아난 수사자 같은 암사자도 있다. 캘리포니아 얼룩다람쥐는 방울뱀의 허물을 짓씹어 자기 몸뿐만 아니라 새끼들에게도 냄새를 묻혀 뱀의 후각을 교란한다.

사기술의 백미는 뿔도마뱀이 아닌가 생각되었다. 알을 지키던 어미는 얼룩코뱀이 접근하자 용감히 맞서 적을 몰아냈지만, 먹이사슬에서 자신보다 위에 있는 줄꼬리뱀이 접근하자, 위기를 벗어나기 위해 구사하는 대담무쌍한 전략이라니. 뱀은 죽은 것을 먹지 않는다는 사실을 어떻게 알았는지, 뿔도마뱀이 하얀 배를 하늘로 드러내고 죽은 체하는 것이 아닌가.

자연계에서 일어나는 이런 기만책을 비난할 사람은 없을 것이다. 그것은 오직 위험에서 자신을 보호하고 살아남기 위한 전략에 지나지 않으니까. 그러나 이성적 인격체라고 자위하는 사람들이 사기술로 사익을 취한다면 상황은 달라진다. 단순한 생존방식이라고 주장할 수는 없을 터이다. 사회적 지탄은 물론이고 경우에 따라서는 응분의 벌을 받아 마땅하다.

이곳 제주에서도 보이스피싱 범죄가 잇따르고 있다. 며칠 사이에 7건의 금전 피해가 발생했는데, 피해자는 대부분 70대 노인들이지만 20대 여성도 있었다. 한 명은 서울중앙지검 검사라고 사칭한 사람에게 속았고, 또 한 사람은 자신의 계좌가 돈세탁 창구로 사용되고 있다는 말에 속아 넘어갔다.

나도 금융사기 전화를 몇 번 받은 적이 있다. "경기도 검찰청 ○○○검사입니다. 범죄와 관련해서 확인할 것이 있습니다. 잠시 시간 낼 수 있으시죠?" 이런 식으로 시작해서 나의 이름과 생년월일 그리고 재직했던 학교 이름을 대는 것이 아닌가. 내가 무슨 잘못을 저질렀다면 심각하게 받아들일 수도 있겠다는 생각이 들었다. 젊은 목소리에 어떻게 응대할까 생각하다가 "젊은이가 바르게 살아야지." 하고는 통화를 끊어 버렸다. 개인정보가 이렇게 흘러 다니다니.

소소한 물건들을 사고, 사기당했다는 느낌을 받은 경우도 허다하다. 잘 모르면 모른다고 말하면 좋으련만, 판매인은 눈 하나 깜빡하지 않고 내게 확신을 심어 준다. 열매가 없는 묘목이나 건강식품 또는 밤고구마를 사는 경우처럼, 즉시 확인할 수 없는 경우는 곧이곧대로 믿을 수밖에 도리가 없지 않은가. 오래전 오일장에서, 그것도 할머니한테서 흰깨에 검은 물을 들인 가짜 검은깨를 산 적도 있었다.

사람들은 수많은 정보를 수집하고 이용하며 살고 있다. 오감을 통해서, 특히 시각을 통해서 대부분의 정보를 얻는다. 두 눈으로 보아야 확실하다고 믿기에, 백문이 불여일견이라는 속담도 있다. 성서에도 예수의 제자 토마스는 손등의 못 자국을 보고 만져 보아야 스승의 부활을 믿겠노라는 내용이 나온다. 그러나 눈도 허상을 보는 경우가 적지 않다.

어제는 두 시쯤 오랜만에 아내와 사라봉을 향했다. 오현고 뒤편에 주차하고 별도봉 진입로로 들어섰다. 야생종 벚나무 두세 그루가 새잎들 사이에 간간이 꽃을 피워 초라한 모습으로 다가왔다. 하늘을 가릴 듯이 화사하고 풍성하게 피어나려면 며칠 더 기다리려야 할 것 같다.

동편 자락에서 계단을 따라 정상을 향한다. 열심히 봉오리를 키우는 길옆의 벚나무들이 환영하는데도, 얼마 못 가서 숨이 차고 걸음이 무겁다. 두 번이나 잠시 쉬며 허리를 곧추세워서야 정상에 이르렀다. 일 년 전만 해도 단숨에 오를 수 있었는데,

사방을 둘러본다. 시가지 전경 너머로 오름들이 곡선미를 연출한다. 모든 풍경을 가슴에 품어 본다. 짙푸른 바다가 온순히 잠들었다.

큰 배들이 몇 척 항구를 오가고 있다.

걸음을 재촉하여 사라봉을 향했다. 독야청청 천년의 꿈을 키우던 소나무들이 재선충으로 명줄을 놓았다. 잘린 토막들의 애처로운 서사여. 포클레인 집게발이 소나무 가지들을 자동차에 싣고 있다. 정상에는 고3 한 학급 학생들이 몰려와 풍광에 빠져들고 여러 연배가 군데군데에서 운동기구를 활용하며 건강을 가꾸고 있다. 나는 망양정에 올라 돌의자에 앉은 채 봄을 마구 들이마셨다.

시작이 있으면 끝이 있는 법, 사라봉을 내려와 별도봉 북측 장수 산책로를 걸었다. 저만치 위치한 자살바위와 '애기업은 돌'이라 불리는 기암을 바라본다. 기암이 나에게 착시를 일으킨다. 영락없는 해골의 모습이다. 뻥 뚫린 두 눈과 뾰족한 코 그리고 넝쿨이 머리칼로 변했다. 다시 쳐다보니, 바위 오른팔로 작은 이를 껴안은 모습이 다가온다. 착시를 실증하기 위해 스마트폰 카메라의 셔터를 몇 번 눌렀다.

자연은 거짓이 없다. 사기술을 펼치지 않는다. 사람들은 타인을 기만하여 누군가를 멍들게 하고 절망과 죽음을 초래시키기도 한다. 가짜는 진짜보다 더 진짜다워야 남을 속일 수 있다. 그 노력이면 참되게 살 수 있으련만.

아내와 함께 걷는 발걸음이 가볍다.

콘택트렌즈

집을 나서려면 매번 신경 쓰는 일이 있다. 안경을 쓰기 전에 왼쪽 눈에 콘택트렌즈를 끼워야 한다. 십여 년 된 일인데도 가끔 잊어버려 대문을 나서거나 심지어 몰고 가던 자동차를 되돌리기도 한다.

젊었을 때 지인의 실수로 한쪽 시력을 잃은 아픔이 아직도 꺼진 불 살아나듯 도진다. 물론 콘택트렌즈를 꼈다고 볼 수 있는 건 아니다. 다만 뿌연 눈동자를 다소 가려 외모에 대한 콤플렉스를 줄이려는 심산에서다.

이런 연유로 사람과 마주할 때면 무의식중에 시선을 돌리게 된다. 얼굴 사진을 찍을 때도 사진사에게 다친 눈을 보정하도록 요청해 놓고, 남의 눈을 속인다는 생각에 마음이 불편해진다. 언제부터인지 나는 찡긋 눈인사를 보내지 못하는, 실존의 껍데기에 짓눌려 있다.

어쩌다 눈병으로 한쪽에 안대를 해 본 사람은 알 것이다. 괜히 두 눈이 주어진 것이 아님을. 어쩌랴, 이가 없으면 잇몸이 대신하듯 불편을 감수해야 한다. 그래도 사노라면 적응력이 생겨 견딜 만하다.

가끔 맹인을 떠올리며 한 눈에도 감사하게 되는 걸 보면, 삶이란 운명을 어르는 일인가도 싶다. 세상에 공짜가 없듯, 운명도 내게 불운을 신앙의 눈으로 갚아 주었다.

얼마 전 태풍 콩레이가 난장을 절정으로 솝뜨게 할 때의 일이다. 어둠이 몰려오는 시각에 성당을 다녀오려고 옷을 갈아입는 나를 보며, 아내의 목소리가 깨진 유리창 지나듯 들려온다.

"어떤 일이 있어도 전화하지 마세요. 절대로 받지 않을 테니까요."

궂은 날씨에 운전하다 무슨 일이라도 생길까 걱정을 앞세운 최후통첩이다.

무늬만 드러내는 신앙의 길이지만 핑계가 초라할 땐 걸어야 한다. 들메하고 막상 현관문을 밀치니 마음이 멈칫한다. 태풍이 큰 날갯짓으로 굵은 빗방울을 마구 뿌려대며 머리를 굽히지 않으면 뭐든 동강 낼 태세다. 쁘레시디움 주회가 아니라면 아예 밖으로 나설 생각을 하지 않았을 것이다. 작은 우산으로 비를 피하는 건 역부족이었다. 그래도 무사히 다녀오면서 마음은 젖지 않았으니 큰 우산 아래 선 기분이 들었다.

누군가는 세상의 죄악들을 보며 단정할지 모른다. 신이 악을 없애고 싶어도 그렇게 하지 못 한다면 무능하다고. 능력은 있지만 그럴 의지가 없다면 선하지 않다고. 이런 생각이 들면 성경 집회서에 나오는 '인간의 자유'를 읽어 보도록 권하고 싶다. 하느님은 '원하기만 하면 계명을 지킬 수 있으니 충실하게 사는 것은 네 뜻에 달려 있다'면서 인간을 제 의지의 손에 맡기셨다. 계명의 요체는 사랑이다. 어찌 자신의 잘못을 하느님 탓으로 돌릴 수 있으랴.

가끔 콘택트렌즈가 까탈을 부린다. 동공에 밀착되지 않으면 틈이 생겨 공기가 스미면서 렌즈는 물기를 잃고 굳어져 눈을 아리게 한다. 그곳으로 저절로 손이 갈수록 렌즈는 접히며 무게를 키워 밖으로 떨어지려 한다. 이럴 땐 참 난감하다. 거울 있는 곳을 찾아 다시 끼우거나 서둘러 귀가해야 한다. 행여 렌즈에 금이 생길 양이면 새로 사야 한다.

눈의 본질은 의당 보는 것이라 생각했다. 겪어 보니 그것만도 아니다. 외모는 차치하고라도 눈물의 통로가 아닌가. 볼 수 있어 사람이 아니라 울 수 있어 사람이라는 생각이 앞선다.

어느 시인은 가을에 부디 아프지 말라고 위로하지만, 역설로 들린다. 맨눈으로 깊이 아프고 싶다.

2부

걸으며 생각하며

정상의 망양정에 올라 일망무제의 사위를 둘러보니 마음이 확 트인다. 온갖 것을 다 품을 듯한 자연 속으로 녹아든다. 멀리 한라산과 그 자락에 올망졸망 어깨를 겯으며 내뻗은 오름들의 유연한 곡선미가 눈부시다.

호박을 키우며

식물은 숙명을 사랑하는 종교를 가졌을까. 흙수저로 태어난 걸 원망하지 않는다. 척박한 땅에서도 인고의 삶으로 꽃을 피우고 열매를 맺는다.

봄에 텃밭 한편에 호박 모종을 몇 개 심었다. 올여름은 유난히 무덥고 가물어서 목마르지 않도록 자주 물을 주며 사랑의 눈길을 보냈다. 길게 덩굴을 키우더니 고마운 마음을 전하려는 듯 여기저기 호박을 달아 키운다. 둥글넓적한 몸체가 가을을 맞으며 군데군데 노란색으로 겉옷을 물들인다.

배꼽을 땅에 대고 계절을 건너던 호박 한 덩이가 병색을 드러냈다. 탯줄 가까운 곳이 달걀만 한 크기로 누르스름하게 변해 있다. 일사병일까 염려되었다. 눈으로 진맥하던 것을 손가락으로 확인해 보니 흐물거린다. 물방울이 볼록렌즈 역할을 하여 햇빛을 불러 모아 상하게 했는가 보다.

몇 발짝 떨어진 곳에 덩치 큰 호박이 큰 잎들 아래에 보금자리를 마련했다. 태풍 솔릭이 잎사귀들을 많이 찢어버려 민낯이 드러났다. 아직도 햇볕은 뜨거워 걱정이다. 잎이 많이 달린 이웃 덩굴을 끌어다 다시 그 큰 호박을 덮어 주었다. 의도한 건 아닌데 하늘을 향하던 잎사귀들이 모두 아래로 향하고 말았다. 그냥저냥 견디리라 생각하여 그대로 두었다.

이튿날 아침 놀라운 모습과 맞닥뜨렸다. 땅을 향하던 잎사귀들이 본래대로 모두 하늘을 향하고 있지 않은가. 어디서 이런 학습을 했을까. 이 정도의 능력은 기본이라는 듯 밝은 표정으로 하늘을 향하다니.

잠시 생각에 잠긴다. '그래, 생명체는 무엇이나 살아갈 수 있는 능력을 타고나는 거야.' 그런데도 채우지 못해 안달하며 부족한 재능을 무수히 탓해 오지 않는가. 한 발짝 물러서면 다른 길이 보일 텐데.

물론 남의 도움을 받아야 살아갈 수 있는 사람들도 있다. 사랑의 대상이 된다는 건 사랑하기보다 더 어렵고 숭고한 일일는지도 모른다. 별난 것 같진 않은데, 무엇이나 제 몫으로 존재하는 걸 가까이서 깨닫는다. 얼마 후면 황금빛 호박이 달덩이처럼 부실 것이다.

식물의 철학은 늘 푸르고 싱싱하다. 생명을 보듬는 마음이 호박처럼 익어간다면 좋으련만.

마음의 무늬

돈 낚는 미끼가 이리도 유사할까, 미끼 대하는 마음이 이다지도 다를까,

한 중앙지의 오랜 칼럼을 읽노라니 몇 해 전 일이 생생히 되살아난다. 만원 버스에서 행운을 드리겠다며, 오십 대로 보이는 말쑥한 양복 차림의 남자가 몇몇 승객들에게 뭔가를 돌렸다. 운이 따랐는지 내게 주어진 명함 크기의 쪽지에는, '무료 증정권'이란 제목 밑에 깨알 같은 글씨들이 박혀 있었다. 덤으로 물건을 팔려는 수작인가 했더니 그대로 하차하는 걸 보며, 무료 증정권이 진짜라는 생각이 들었다. 기분이 좋아 가슴이 뛰었다. 공짜라면 양잿물도 먹는다는 말이 있지 않은가.

신문 칼럼에서도 비슷한 상황이 묘사됐다. 시골로 향하는 버스에서 정장의 중년 남자가 대략 10명에게 '행운권'을 돌리고 나서, "호명하는 번호의 주인공 세 분께만 선물을 드리겠다." 하며 열을 올렸다. 행운권을 받은 사람들은 뜨악해진 시선으로 적힌 번호를 살폈다.

집에 도착하자마자 나는 커다란 돋보기로 작은 글씨의 정체를 파악하며 주어진 번호로 전화를 걸었다. 여러 가지 개인 정보와 더불어 건강식품 배달료를 송금하란다. 그러면 그렇지. 믿을 수 없는 식품에 만만찮은 배달료, 이런 경우엔 배보다 배꼽이 크다는 말이 제격이겠다. 공짜라는 미끼를 덥석 물만큼 어리석은 줄 알고 내게 감언이설을 해댄다. 이미 비싼 경험으로 내공이 쌓인 줄도 모르고.

이와 비슷한 경우, 서울 사람들은 나보다 한 수 위일 터. 손을 드는 승객이 없이 잠시 시간이 흐르더니, 그은 얼굴에 주름 팬 노인이 번쩍 손을 들더란다. "축하드립니다." 하며 달려간 남자는 건강 식품권 2장과 손목시계 1개를 내밀며 2만 원만 내고 가지시라고 설레발쳤다.

노인은 별로 주저하는 기색 없이 지갑을 열었고, 그 남자는 돈을 챙겨 잽싸게 버스에서 내렸다. 칼럼 필자가 "저, 그거…."라며 말을 꺼내려 하자 노인은 "괜찮아, 나 같은 사람이 있어야 저 사람도 먹고살지…."라며 말을 끊었단다.

속이려는 사람과 속는 사람 그리고 속아 주는 사람, 그 마음들의 결과 빛깔을 곱씹어 본다.

나는 속는 사람이 될지언정 속아 주는 사람 되기엔 아직 멀었나 보다.

오름 단상

제주의 오름은 곡선의 미를 한껏 뽐낸다. 부드러운 능선은 자연의 수작秀作이다. 바람이 늘 사모하는 것도, 지나는 구름이 시선을 빠뜨리는 것도 관능적 육체미 때문일 테다.

오늘 아침엔 혼자서 용눈이오름을 향해 차를 몰았다. 특별한 이유가 없었으므로 내 마음을 대변할 수 있는 말은 '그냥'이었다.

8시쯤에 용눈이오름 주차장에 도착하니 눈에 띄는 사람이 없다. 아침 햇살이 들녘을 곱게 단장 중이다. 가을의 길목인데도 잦은 비날씨 탓인지 초목이 푸름을 간직하고 있다. 멀리 오름이며 바다까지 선연히 모습을 드러낸다. 어둠을 벗어난 산야가 아니라면 왠지 쓸쓸하고 두려운 생각마저 몰려올 것만 같다.

야자매트 깔린 탐방로를 따라 천천히 올라간다. 상태가 안 좋은 두 다리가 용을 쓴다는 생각이 야속하다. 조금 올라가니 떼 지은 말들이 시야에 들어온다. 예닐곱 마리가 정다운 가족처럼 어우러져 풀을 뜯고 있다. 어울림은 어디서나 아름다운 풍경이다.

굼부리 가장자리에 올라 사방을 바라본다. 멀리 한라산과 예제의 오름들과 바다를 바라볼 때마다 마음의 너울처럼 다른 의미로 다가온다. 모든 일이 마음에서 비롯됨을 선인들이 진즉 알려주지 않았는가.

푸른 양탄자를 펼친 듯한 분화구 안으로 눈길을 보내며 며칠 전의 일을 떠올린다.

일상생활에서 자신을 못마땅히 여기는 경우가 한두 번일까만, 유별나게 물건을 어디 두고는 기억하지 못하여 짜증을 내기 일쑤다.

얼마 전에는 읽었던 책을 다시 읽고 싶어 책장을 뒤졌지만 찾을 수가 없었다. 많지도 않은 책들인데 어디로 숨어 버린 걸까. 책꽂이 곳곳에 수배령을 내려도 소용이 없다. 이리저리 뒤적이다 뜻밖에도 오래도록 잊힌 책을 만났다. 1986년 한국출판공사가 낸 『세계누드걸작선』이다. 외국인 여자 모델들이 갖가지 농염한 자태가 눈길을 취하게 했던 책이다.

서점에서 마주친 책을 15,000원에 사 들고 집에 가져와 아이들 눈에 띄지 않도록 책꽂이 상단에 간직했던 기억이 난다. 저속한 안목을 넘어 인간의 나체를 예술작품으로 형상화한 작품에서 인간 원초에 대한 향수와 인간 평등의 원시적 희구를 느끼도록 안내하고 있지만, 왠지 활짝 드러내기에는 마음이 허락하지 않았다. 누드는 숨어서 보는 것, 공공연히 펼친다면 비도덕이란 뜨악한 눈길이 사방에서 쏠릴 것만 같았다.

한 장 한 장 넘길 때마다 가슴이 울렁거렸었다. 농밀한 여체들은 갖가지 모습으로 살아 숨 쉬며 눈을 찡긋거리는 환상을 자아냈다.

왜 기막힌 부분만 살짝 감췄는지 야릇한 생각을 일궜었다. 앞을 향한 원경의 사진은 바짝 약을 올렸다. 곁에 망원경이 있다면 집어 들었을지도 몰랐다.

다시 한 장 한 장 펼쳐 보았다. 그때 느꼈던 여체들의 생기는 다 어디로 사라졌을까. 눈웃음은 어디로 갔을까. 쿵쾅거리던 내 마음은 또 어디로 갔을까. 남자임을 확인하던 젊음의 박동도 세월 속에 묻히다니, 이런 걸 순리라 할까 수용이라 할까.

분화구 정상의 둘레길를 걷는다. 하늘거리는 띠와 억새의 틈새에서 까투리 한 마리가 푸드덕 날아간다. 몇 마리 제비들이 주변에서 비행술을 뽐낸다. 조그만 회색 나비 한 마리가 들꽃과 놀고 있다. 다들 살아가고 있다.

둘레길에 깔아 놓은 야자매트가 몇 군데 벗겨지고 길섶으로 날린 곳도 있다. 틀림없이 태풍 타파의 행패였을 거다. 실바람도 때론 광풍으로 몸부림치는 건 인생사나 다름이 없는가 싶다. 질풍노도의 사춘기가 아니더라도 사노라면 유리창에라도 종주먹 들이대고 싶은 날이 왜 없을까. 그래도 인내할 수 있는 것, 인내해야 하는 것으로 인간이란 이름표를 달 수 있으리.

굼부리를 바라볼수록 마음이 포근하다. 언젠가 자연으로 돌아갈 때 하나의 티끌로 오름의 정상에 내려앉으려니.

오름에 끌리는 건 풍만한 여체가 아니라 부드러운 어머니의 마음이었다.

돌을 읽다

돌은 제주의 세포이며 돌담은 제주인의 숨결이다. 세월을 이어온 삶의 발자취다.

내 유년의 첫 장난감은 돌멩이였다. 멀리 흘러간 기억의 가장자리에 희미하게 멈춰 선 시간, 아마도 할아버지의 장례일이었을 것이다. 사람들이 북적거리는 마당에서 돌멩이 하나 손에 쥐고 맨땅 위로 마차인 양 끌고 다니던 기억이 어렴풋하다. 의식이 걸음마를 벗어날 때쯤엔 사방에 널린 것이 돌임을 알았지만, 놀이하듯 서로 말을 주고받진 못했다.

내 어휘 속으로 '삼다도'가 들어앉았을 때 비로소 돌은 자연의 자녀가 되었다. 지식이 자라면서 돌은 단단하고 무거운 정체성으로 지구의 뼈대임을 의식하기 시작했다. 이제는 그 천태만상에 놀라고 예술성에 경탄한다.

지난달 (사)제주바다사랑실천협의회 회원들과 사흘 동안 남해안 몇 군데를 구경하였다. 일정에 따라 항일암과 보리암도 둘러보았다. 주변엔 나무가 우거진 산과 골이 아름다운 풍광을 펼쳐 놓았다.

나는 사찰보다는 다양한 바위의 모습들에 시선을 뺏겼다. 예제에 우뚝우뚝 솟아오른 바위는 수목을 들이지 않고 홀로 풍파를 벗하며 수행 정진하는 구도자 같았다. 긴 세월을 끌어안으며 터득한 깨달음을 불립문자로 전하는 듯했다.

다랭이마을을 지날 때는 암수바위를 볼 수 있었다. 거대한 남근석과 가운데가 쪼개진 여성 바위가 이웃하고 있었고, 누군가 소원을 빌고 간 듯 곁에는 바나나 배 참외가 하나씩 놓여 있었다. 자연의 손길이 때론 의도적인가 아니면 항시 의도적인가를 생각하며 걸어갔다.

내 별채의 조그만 서재에는 수석 몇 점이 책장의 빈자리에 놓여 있다. 그중엔 노스님이 앉아서 무언 수행하는 듯한 형상과 깎아지른 바위산 모양의 수석이 있고, 첩첩산중 묵화가 그려진 키다리 돌과 불타는 저녁놀이 수채화로 그려진 달항아리 모양의 돌도 있다. 바라볼 때마다 그 예술성에 놀란다. 저절로 위대한 자연의 손길을 우러르게 된다.

9년 전 현재의 집으로 이사할 때 묵정밭 같은 땅을 정원으로 다듬었다. 굴착기로 바닥을 고르면서 파낸 서너 덩이의 바윗돌을 정원석으로 세웠다. 흔한 현무암이어서 표면이 매끈하지는 않지만 날카롭게 모나지 않아 손바닥으로 어루만질 만했다. 하나는 두 오름 사이에 골짜기가 들어선 모양이지만 나머지 세 개는 아무렇게나 생긴 막돌에 지나지 않는다. 그뿐만 아니라 허리에도 못 미치는 작은 몸체인데도 풍경의 한몫을 하고 있다.

돌을 길러내려면 볕을 쬐고 비바람을 맞도록 자연에 오래 놔둬야 한다는 글을 읽었던 것 같다. 흙 성분이 들어 있으면 미립 포자가 생기면서 다 먹어 치운다고 한다. 그래서일까 정원석이 고와지고 있다. 오랫동안 땅 밖으로 머리를 내밀었던 놈은 꽃까지 피우기 시작한다. 미립 포자가 서식하여 불어나면서 희끄무레한 꽃문양을 만드는데, 이를 돌꽃이라 부른다. 구름처럼 다양하게 세월의 꽃이 피는 것이다.

돌은 제주 문화의 바탕이다. 돌을 쌓아 초가집 벽체를 만들었고, 그렇게 울담을 둘렀다. 무수한 토지의 경계를 돌담으로 세웠으며 품이 넓은 돌하르방을 만들어 수호신으로 삼기도 했다.

이방인이 신기하게 바라보는 산담은 선조들의 지혜가 낳은 명품이다. 우마나 들불이 넘어오는 걸 막기 위해 대개 겹담으로 봉분 주변을 사각형으로 에워쌌다. 산담은 유택의 튼튼한 울타리이며 조상을 기리는 표상이란 생각이 든다. 아마도 이런 환경에서는 망자가 편안히 지내지 않을까.

옛날엔 집마다 올레 입구 양쪽에 세 개의 구멍이 뚫린 정주석을 세우고 정낭을 걸치며 소통했다. 정낭 하나만 걸치면 집주인이 금방 돌아온다는, 둘을 걸치면 반나절쯤 지나야 올 거란, 세 개를 다 걸치면 하루 이상 집을 비운다는 의미였다. 얼마나 소박한 삶의 소통양식이었던가. 이제는 민속촌이나 돌 소재의 몇몇 공간 말고는 정주석과 정낭을 구경하긴 어려워졌다. 시나브로 제주다운 것들이 하나둘 사라지니 안타깝기 그지없다.

눈을 들면 어디서나 쉽게 볼 수 있는 돌담, 늘 정겹다. 서로 업고 업힌 돌담 모습이 선조들의 생활방식과 어찌 그리 닮았을까. 따뜻한 이웃으로 오순도순 손잡고 척박한 환경을 이겨온 삶의 문화가 아름답고 자랑스럽다.

흔한 게 돌이라고 천대할 일 아니다. 시간과 문화와 예술을 품은 돌을 오늘만이라도 사유의 품에 꼭 안아야겠다.

걸으며 생각하며

심신이 마른 나뭇잎처럼 느껴질 때면 길을 나선다. 일상적인 동네 산책길을 조금만 벗어나면 아름다운 자연의 품에 안길 수 있다.

오후 늦게 종종 들락거리는 원당봉 대신 사라봉을 향했다. 별도봉 동쪽 끝자락에 주차하고 혼자 여유롭게 야자매트 깔린 길을 밟는다. 높다란 잡목들 사이로 접어드니 이내 마음에 생기가 돌며 새로운 생각들이 따라나선다. 머리가 아니라 발바닥으로 사유의 조각들을 빨아올리는 느낌이라니, 걷기의 매력이다.

쿵쿵 밟으면 지구 반대편이 울릴까 엉뚱한 생각을 하는 사이, 바다가 보이는 별도봉 중허리에 이른다. 계단으로 정상을 오르기가 버거워 바다와 면하는 둘레길을 택한다. 길섶에서 노란 노박덩굴 열매와 마주친다. 집에서 애정으로 가꾸는 분재와 겹치니 연인처럼 정겹다.

길가의 동백나무들은 수많은 봉오리를 매달고, 전령처럼 몇 개는 빨간 꽃잎을 펼쳐 겨울의 다가옴을 알린다. 진즉 나목으로 수행 중인 벚나무가 있는가 하면, 아직도 노란색과 갈색을 섞으며 공중에서 잎의 군무를 펼치는 녀석들도 있다. 같은 종인데도 자리 탓일까, 그들의 개성 탓일까.

예전에 읽은 다양성은 생존의 조건이라는 내용의 글이 떠오른다. 일정한 생명 집단을 이루는 개체들이 모두 동일하다면, 외부의 간섭이나 침투에 획일적인 반응만으로 매우 취약하거나 치명적일 수 있다고 한다. 다양성의 정도와 생존 가능성은 비례한다니, 흔히 '다름'을 '틀림'으로 배격하는 우리 사회를 되돌아보게 된다.

억새꽃의 춤사위와 애처로운 풀꽃에 눈을 맞추며 걷노라니 어느새 사라봉 입구에 들어선다. 오가는 사람들이 다양하다. 달리기로 체력을 키우는 젊은이들, 속보로 건강을 돌보는 중년들, 느림을 구가하는 노년들도 보인다.

정상의 망양정에 올라 일망무제의 사위를 둘러보니 마음이 확 트인다. 온갖 것을 다 품을 듯한 자연 속으로 녹아든다. 멀리 한라산과 그 자락에 올망졸망 어깨를 겯으며 내뻗은 오름들의 유연한 곡선미가 눈부시다. 고개를 돌리니 남빛 바다가 깊은 잠에 빠진 듯 잔잔하다. 수반 위의 평원석 같은 관탈섬이 가까이 다가온다. 원근을 조율하는 시간의 마술인가 보다.

원점으로 돌아가는 생의 운명처럼 발길을 돌린다. 올 때 간직했던 사유 한 가닥을 꺼내 만지작거린다. 칡넝쿨의 위용이다. 별도봉 산책로 입구를 지나 아래쪽으로 '애기 업은 돌'까지 거의 100m의 주위를 길게 장악했다. 곁에 등나무가 없으니 조금의 갈등도 없이 식물의 제왕으로 등극한 형세다. 승자독식을 보여주듯 기세등등하다.

신의 언어는 다양하다고 한다. 심이를 기울이는 사람에게 침묵으로 전하기도 하고, 자연을 통해 암시하기도 한다. 사람에게 전하려는 메시지는 무엇일까. 이곳의 칡넝쿨을 닮지 말라는 분부일 것만 같다.

우리 사회에도 칡넝쿨 같은 화두가 몇 개 있다. 이를테면 '적폐청산'이니 '내로남불'이니 하는 말이다. 매우 정의롭게 들리지만, 인간애를 수반하지 않으면 해석의 양면성을 낳고 갈등의 씨앗을 움 틔운다.

'사람이 먼저다.'라는 말은 어떤가. 정이 넘치는 따뜻한 목소리다. 사람의 외연에는 응당 남녀노소, 너와 내가 포함되리란 믿음에서다. 시간이 흐르면서 온기를 잃어 가는 건 아닐까 우려된다. 이념이나 사상이 같은 사람들로 울을 두르는 느낌 때문이다.

시작인가 했더니 어느새 한 해의 끝자락에서 추위를 탄다. 기도로 온기를 지펴야겠다. 통합과 공존의 새로운 세상이 실현되기를, 작지만 아름다운 어휘들이 촛불처럼 빛나기를, 그리고 새해에는 '당신이 있어 행복하다.'라는 말과 함께 각자의 소망을 이루는 행운의 해가 되기를.

도전

습관처럼 새벽 세 시에 잠을 털었다. 밖에는 보슬비가 내리고 있다. 메마른 마음에 생기 돋우는 밤비가 푸근하게 느껴진다. 오늘은 특별히 나들이할 일이 없어 온종일 우천이어도 좋을 듯하다.

냉수 한 컵 들이켜고 세수하고 나니 온몸의 세포가 살아난다. 우산 받쳐 들고 뒤란의 서재로 향한다. 높이가 한 뼘밖에 안 되는 태양광 정원용 등이 두 군데서 손바닥만 한 주변으로 뽀얗게 빛을 뿌리고 있다. 빗속에서도 충실히 임무를 수행하는 초병 같아서 마음으로 다독여 준다.

컴퓨터를 켜고 인터넷으로 몇 개의 신문을 훑으며 알아 둘만 한 뉴스거리와 인문학에 관한 글을 찾아 읽는다. 두어 시간이 흘렀는가, 배에서 꼬르륵 신호가 온다. 본체의 주방으로 돌아가 컵에 두유 한 팩을 부어 넣고 곡물가루 두 순갈을 휘저어 아침을 해결한다. 커피를 타서 들고 다시 서재로 돌아와 책상머리에 앉는다.

가벼운 마음으로 문예지에 실린 수필 몇 편을 읽어 보는데도 별 감흥이 일지 않는다. 다시 컴퓨터에서 좋은 글을 찾노라니 스마트폰이 울린다. 아내가 병원엘 다녀오겠다며 반 시간쯤 지나면 주방의 가스레인지에 감자를 안친 솥을 살펴보라고 한다.

어느 소설가의 칼럼이 마음에 닿아 요점을 공책에 적으며 읽어나간다. 좋은 작가가 되는 길을 안내하고 있다. 먼저 우직하게 메모하는 습관을 기르란다. 문자로 기록한 느낌만이 나중에 사유의 재료가 된다며 떠오르는 영감이 날아가 버리지 않도록 물질화하라고 한다.

다음은 무던히 노력하도록 권하고 있다. 위대한 작가들은 정신노동자가 아니라 육체노동자라고 한다. 일필휘지란 환상에 불과하다며 닳아버린 몽당붓의 개수가 뛰어난 서예가를 만들고, 잘라서 버린 식자재가 산을 이룰 때 좋은 요리사가 되며, 컴퓨터에 저장된 파일의 양과 소비한 프린터 카트리지 통수가 좋은 작가로 키운다는 조언이다.

메모와 노력의 중요성이야 이미 알고 있는 상식이지만 글 속에서 만날 때마다 새롭게 다가온다. 절실하게 실천하지 못하는 반성의 메아리일 것이다.

글에 몰입하고 있었는가, 주방에 가 봐야 할 시간이 10분이나 지나버렸다. 잰걸음이 주방에 도착하기 전에 탄 냄새가 빨리 오라고 손짓한다. 아주 약하게 가스불을 켜놓아 그나마 다행이다. 불을 끄고 솥뚜껑을 여니 와락 뽀얀 김이 냄새를 데리고 사방으로 탈출한다. 솥 안의 표면에 닿은 감자 껍질은 검게 눌어붙었다. 솥 내부 바닥도 검은 층이 더 두터워졌을 것이다.

이 솥을 볼 때마다 미안한 생각이 앞선다. 고구마나 감자를 쪄내면서 만신창이가 되고 말았지 않은가. 맛을 좋게 하려고 물을 거의 넣지 않고 약한 불로 오래 익힌 결과다. 시커멓게 타 버린 바닥을 철사수세미로 아무리 박박 문질러도 원상회복이 되지 않는다. 열기의 수용 한계를 넘어선 결과일 테다.

임계에 이르면 생사를 오가는 것도 한순간이란 생각이다. 얼마 전에 잠시 육지로 여행을 다녀와서의 일이다. 아내에게 그 어간 분재에 물을 주도록 부탁하지 않은 게 탈이었다. 내심 삼 일간은 괜찮으리라 생각했고, 아내가 알아서 해줄 테지 하는 믿음도 있었다.

그간 생각보다 날씨가 무더웠다. 아내는 아차 하며 삼 일째 되는 날에 분재에 물을 주었지만, 이미 대여섯 개의 나무가 잎을 누렇게 떠버린 후였다. 신경을 쓰며 관리하노라니 다섯 그루는 새잎이 돋아 살아나는데, 낙상홍 분재 하나는 생사를 헤매는 듯 아직 살아날 낌새가 보이지 않는다. 안타까워 세심하게 관리하며 희망의 끈을 놓지 못한다.

여러 해 전부터 종종 이웃집의 슬레이트 지붕으로 눈길을 보내곤 한다. 시멘트로 만들어진 용마루와 내림마루가 연결된 부위에 모시풀이 자리하고 있어서다. 들깻잎과 흡사한 잎을 다는 다년생 초본식물인데, 옛 시절에는 그 껍질로 노끈을 꼬기도 하였다. 한 뿌리에서 두 뼘에도 못 미치는 네댓 개의 줄기가 척박한 환경을 견뎌내고 있음에 놀라게 된다. 마른 가지도 몇 개 섞인 걸 보면 그새 저승의 문턱을 몇 번이나 들락거렸을 법해 안쓰럽다.

맨 처음 햇볕에 말라 버리지 않고 어떻게 뿌리를 내렸을까. 불볕 더위와 가뭄이 이어진 나날을 어떻게 견뎠을까. 바라볼 때마다 인내의 화신 같다. 임계점에 이르면 또 더 나아갈 목표 지점을 설정해 놓고 참아냈던 건 아닐까. 이처럼 자연의 생명력은 경외의 대상이 되어 많은 메시지를 전해 준다.

자연과 달리 인간은 참을성을 점점 상실하는 듯하다. 살다 보면 살아지는 건데 걸핏하면 극단적인 선택을 하고 만다. 글을 읽으며 생각의 세계를 살지 않고, 감각적인 영상의 세계에 빠지다 보니 즉흥적인 감정에 사로잡히는 현상이 아닐까도 싶다.

극한에 대한 도전은 아름다운 인간 정신이다. 도전은 아무에게나, 아무 일에나 손짓하지 않는다. 처음이라는 발자국을 남기기 위해 앞서 나아가는 사람, 어떤 일의 성취를 위해 때론 목숨까지 거는 삶이야말로 칭송을 받아 마땅하리. 목숨을 걸진 못하더라도 치열한 삶의 조각 하나 없다면 속 빈 강정이나 뭐가 다를까.

수필의 길은 웃으면서 들어가 울면서 나온다더니, 요즘 절감하는 중이다. 절망이 없는 자유는 저세상의 일이란 생각이 스친다. 한 발짝 높게 디디려고 좌절한다면 차라리 행복인 것을.

영글지 않은 시간을 안고 다시 옷깃을 여민다.

비법

한 달여 기침으로 고전하고 있다. 냉기류가 기관지를 자극하여 문제를 일으키는 모양새다. 입을 열면 곧잘 기침이 튀어나온다. 모임에서 벙어리 아닌 벙어리가 되려니 참 난감하다. 뭐 특효약이 없을까.

특효약과 유사한 말이 비법이다. 무슨 문제든 단번에 해결할 수 있을 것 같아 마법처럼 파장을 일으킨다. 그러나 비법은 노출을 꺼린다. 세상에는 수많은 비법이 숨어 있을 테지만, 나는 아직 꼬리조차도 만져 보지 못했다. 그래서 가끔 힐끔거린다. 혹시 이곳에 있는 건 아닐까, 아니면 저곳인가 하고 의식을 닦달하곤 한다.

일전에 윤재천 교수님이 책을 한 권 보내주셨다. 『새로운 수필 쓰기』라는 제목의 책이다. 178명의 평론가와 수필가가 쓴 일종의 수필 쓰기의 창작론이다. 가슴이 뛰었다. 704쪽에 달하는 두툼한 지층 속에는 반짝이는 금맥이 들어 있을 것 같아서였다.

무릎을 꿇고 경배하듯 책장을 넘기기 시작했다. 한 단어 한 단어 놓치지 않고 좋은 양분을 흡수하려 애썼다. 삼 분의 일쯤 지나면서부터 자세가 흐트러지기 시작했다. 건성건성 문장을 지나기도 하고 때론 단락을 건너뛰기도 했다. 돼지 앞에는 진주를 던지지 말라고 했는데 나는 벌써 돼지가 되어 가고 있었다.

어릴 때부터 문학소년 소녀로 자라난 이야기도 있고, 한평생 글을 쓰면서도 역시 글쓰기는 어렵다고 실토하기도 한다. 수필은 붓 가는 대로 쓰는 글이 아니라고 귀에 딱지가 앉은 말을 부채질하기도 하고, 경험을 기술해서는 문학이 될 수 없다고 일침을 가하기도 한다. 뇌리에 반짝했다가 도망치는 주제를 놓치지 않으려고 메모지와 함께 잠잔다는 말도 있고, 제목이나 첫 문장에 혼을 쏟아야 독자의 시선을 끌 수 있다고 안내하기도 한다. 글 속에 깊은 철학이 담겨야 좋은 글이라고도 하고, 아름다운 표현으로 문학의 본질을 추구해야 한다는 말도 하고 있다.

새로운 내용은 별로 없다. 수필가라면 상례로 이미 알고 있을 그런 것들이다. 사람마다 개성이 있듯이 좋은 수필을 바라보는 관점도 조금씩은 다를 것이다.

수필은 어떤 경험을 통해 깨닫게 되는 삶이나 인생 또는 우주의 진리에 옷을 입히는 일이 아닐까. 생각하고 느끼고 상상하는 옷감으로 주제에 맞게 산뜻한 옷을 재단할 수 있으면 참 좋으리란 생각을 하곤 한다.

예술의 본질은 미의 추구일 것이다. 수필도 여러 영역의 한 갈래일 터이다. 그런 면에서 깊은 철학 서적처럼 처음부터 끝까지 공맹이 앉아 있거나, 인터넷을 검색하면 쏟아지는 지식과 정보로 채워진 글은 내게 매력이 없다. 보통 사람의 인생에서 감동을 일으키는 큰 경험은 많지 못할 것이다. 그렇다고 수필이 소설처럼 없는 사건으로 설계한 허구의 문학일 수는 없다. 글쓰기를 통해 자신을 치유하고 보다 나은 삶으로 나아가게 하는 것, 이것이 수필의 한 가지 덕목이요 효능일 것이다. 그래서 수필은 그 사람이 될 수 있다.

소소한 일상사에서도 작은 주제를 찾고 아름답게 표현할 수 있는 능력이야말로 찬탄의 대상이다. 신앙으로 영혼을 닦으려면 자비나 사랑의 수건을 사용해야 함을 안다. 이것이 기본적인 삶의 진리인지도 모른다. 단순하다. 그렇지만 그 행위가 수만 가지 글을 낳았고 앞으로도 유사한 주제를 담고 끝없이 문학은 흘러갈 것이다.

오래전 북제주교육청 장학직으로 재직할 때 기획했던 행사가 떠오른다. 초 · 중학생을 대상으로 '나의 공부 비법 발표대회'를 개최했었다. 학교 대표로 성적이 우수한 학생들이 참여했다. 독서에 열중해야 한다, 공부하는 습관이 중요하다, 또는 예습과 복습을 잘해야 한다는 등 다양한 나름의 경험을 발표했다. 공공연한 비밀은 비밀일 수 없듯이 이미 알고 있는 것들이어서 신기新奇한 비법은 발견할 수 없었다.

그래도 행사 내용이 특이해서 주변의 이목을 끌었다. 한 인터넷 신문 기자는 전화를 걸어와 여러 가지 사항들을 물으며 취재하고 신문에 실었었다. 그렇다. 관심을 끌려면 무언가 새로움을 느낄 수 있어야 한다. 비슷한 글감에서도 새로운 시각으로 통찰하고 새로운 언어로 표현할 때 글맛이 생길 것이다.

아무리 훌륭한 이론서를 통독할지라도 그것만으로 수영을 배울 순 없다. 물속에 들어가 허우적거리기를 마다하지 말아야 한다. 서서히 물에 뜨는 것을 배우고, 팔다리를 움직여 이동하는 요령을 터득해야 한다. 기본을 깨닫고 앞선 자의 지혜를 빌릴 때 발전할 수 있다. 경기에서는 미세한 차이가 등위를 가른다. 그 약간의 차이가 실은 대단한 차이이다.

나는 다소 실망하며 마지막 페이지를 덮었다. 수필 쓰기의 비법을 고대했던 것이 애당초 잘못이었다. 매사에 비법이 없다는 것을 깨닫는 것이야말로 진정한 비법일지도 모른다. 아니 신의 한 수는 아무에게나 주어지는 선물일 수 없다는 생각이 파닥인다. 나는 고뇌하며 책상 앞에서 밤을 새운 적이 없다. 글 앞에 한없이 송구스럽다.

아내가 따뜻한 생강차를 책상 위에 올려놓고 말없이 나간다. 여백 속으로 나는 함몰되어 버린다.

아내의 응원

“여보, 당신 영영 못 볼까 생각했어요.”

“전화하시지 그랬어요. 놀러 다니다 남편이 큰일 나는 것도 몰랐다면 말이 되겠어요?”

어제저녁 아내와 나눈 대화의 한 토막이다.

일주일 전부터 문제가 연속되었다. 부실한 신체 기관 중에서 그나마 건치라고 여기던 이가 말썽을 부리기 시작했다. 윗어금니 하나가 냉수를 마시면 무척이나 시리어 신경치료를 받은 지 오래지 않았는데, 이번에는 아랫어금니 치근 하나에서 통증이 일기 시작했다. 근처의 새로 생긴 치과의원을 찾아갔다. 사흘에 걸쳐 스케일링과 치석 제거를 하고 군데군데 팬 곳을 땜질했다. 음식 찌꺼기가 자주 끼는 두 곳의 틈새를 땜질하고 싶었으나, 의사는 그곳은 땜질하면 안 된다면서 치간 칫솔이나 치실을 이용하도록 권했다.

이 치료를 마친 후 이튿날 왼쪽 귀밑에서 간헐적으로 통증이 생겨났다. 턱을 움직이면 통증이 심해 혹시 귓속에 이상이 있는 것은 아닐까 하여 평소 다니는 이비인후과를 찾아갔다. 입안과 귀와 코를 살펴본 의사는 삼차신경에 문제가 생긴 듯하다면서 3일 치 약을 처방하고, 약 중에는 졸리게 하는 성분이 들어있다고 일러주었다.

인터넷을 검색하니 삼차신경이란 얼굴의 감각신경을 말하며 이마, 뺨, 턱으로 가는 세 가닥의 신경이 있다고 설명하고 있다. 이 신경이 뇌 안에서 갈라져 나올 때 주위의 혈관이 신경을 압박하여 통증이 발생한다고 한다. 이를 닦거나 음식을 씹거나 말할 때 에는 듯한 심한 통증이 순간적, 발작적으로 발생하는 것을 삼차신경통이라 한다.

처방약을 먹고 나서 통증은 사라졌으나 머리가 혼미해진다. 수면시간은 갑절로 늘어나고, 얼굴은 다소 부어오른다. 약의 부작용을 생각하며 어제는 약을 먹지 않았는데도 오후 들어서는 머리가 어지럽고 뒷머리가 쿵쾅거렸다. 몸에 빨간불이 켜진 신호였다. 얼른 혈당검사를 하니 다행히 정상 수치여서 혈압이 높아졌으리란 예감에 서둘러 병원을 찾기로 했다.

친구들과 수다를 떨고 있을 아내를 부를까 생각하다 혼자 버스에 올랐다. 오랜만의 자유를 깨뜨릴 수는 없지 않은가. 차에서 내려 흥청거리는 걸음을 곧추세우며 서둘러 가까운 내과의원으로 향했다. 혈압 검사를 하니 예상대로 높은 159/100이었다. 일반적으로 140/90 이상이면 고혈압으로 판정한다. 삼 일 치의 약을 처방받고 귀가하면서 과거가 살아났다.

예기치 못한 질병이나 사고를 만나면 가족의 의미가 마음으로 피어난다. 핏줄은 서로를 팽팽하게 당기고, 물밑에서 흐르던 사랑의 물결은 출렁인다.

몇 년 전 7월 동호인들과 함께 거문오름 탐방로를 걷다가 끝자락에 이르러 오른 발목 골절 사고를 당했었다. 119로 한 병원의 응급실에 실려 간 것을 시작으로 철판을 대고 철심으로 부러진 뼈들을 잇는 수술을 받았다. 2주간의 입원 치료와 4주간의 외래진료를 마치고 일 년 후 철심을 제거하고 얼마간 재활치료를 받음으로써 사고는 일단락되었다.

무릎 가까이까지 통깁스를 하고 지내던 한 달여, 나는 엉덩이를 바닥에 대고 두 다리는 앞으로 두 팔은 뒤로 짚으며 움직이는 자벌레가 되었다. 이때 함께 지내는 막내아들은 온갖 심부름을 마다하지 않았고, 아내는 나의 또 다른 손발이 되었다. 마음도 얼마나 겹치던지. 부부는 삶의

불을 밝히는 기름이려니 생각되었다.

어제저녁 아내가 모임에서 돌아왔을 때 병원 다녀온 상황을 설명하니 전화하지 않은 것을 타박한다. 그러면서 힘을 북돋운다. 머리가 맑아지고 마음도 밝아진다.

"이제는 당신 곁을 지키며 보살펴야겠어요."

느끼며 다가서며

선조들의 숨결이 맥처럼 뻗어 가는 장수 프로그램이 있다. 이름도 멋스러운 'TV쇼 진품명품' 종종 이 프로를 보며 문화재에 대한 안목을 키운다.

도자기, 고서, 서예, 그림, 공예품, 생활용품 등 온갖 유물들이 감정대에 오른다. 연예인이나 방송인 셋이 감정원으로 출연하여 나름의 식견으로 출품들을 살피고 전문위원들의 설명을 참고하며 가격을 추정한다. 마지막에 전문위원들이 구체적 해설과 함께 감정가를 제시한다. 감정가를 맞힌 감정원에겐 인형 두 개, 맞춘 사람이 없는 경우엔 근사치를 적은 이에게 인형 한 개가 주어진다.

일전에는 1706년에 제작된 '탐라지도'가 등장했었다. 내가 태어나 사는 곳이라 친밀한 눈길로 바라보았다. 일반적인 방위표는 위쪽이 북, 아래쪽이 남, 오른쪽이 동, 왼쪽이 서인데, 정반대로 그려져 있다. 위쪽엔 서귀포, 아래쪽엔 제주시, 오른쪽엔 모슬포, 왼쪽엔 성산포가 자리하는 게 아닌가. 임금이 사는 곳에서 바라보는 방위가 기준이었다는 설명이다. 잣담에 관한 퀴즈도 나왔는데, 목장의 경계라고 알아맞힌 감정원의 벌어진 웃음이 정겨웠다. 감정가는 2,000만 원이었다.

여기 나오는 물품들을 아우르는 말은 골동품일 것이다. 오래되었다는 건 선인들의 숨결이 깃들었다는 의미요, 희귀하다는 건 소중히 보존해야 할 무게이다. 시간을 뛰어넘으며 이어 온 민족의 DNA, 가격만으로 치환될 수 없는 자랑스러운 유산들이 아닌가.

오래전, 콜로라도주립대학에서 삼 개월 어학연수를 한 적이 있었다. 그때 근처의 몇몇 박물관을 둘러보았는데, 전시된 물품들이 기대치에 못 미쳤다. 서부개척시대의 우마차와 보안관의 의상이나 총기류 그리고 노예들의 생활과 관련된 것들이 주류였다. 고려청자나 이조백자 같은 것은 찾아볼 수가 없었다. 돌이키건대, 역사가 짧은 미국인들에게는 그것들이 값진 유물일 테고, 길이 보존하려는 마음이 청자나 백자와 다름없을 테다.

그러고 보니 내겐 이렇다 할 골동품 하나 없다. 어릴 적 보았던 실금 난 사기그릇이며 주둥이가 좀 부러진 백자 호리병 들이 다 어디로 갔을까. 제기 만들 때 사용했던 엽전들이라도 모아 둘 것을. 맷돌마저 발이 달렸는지 사라지고 없다. 돈 된다는 말을 들어서일까, 경운기를 들이고 나서 수집상에게 달구지를 거저 줘버린 선친이 좀 야속해진 적도 있었다.

"여보, 우리에겐 저기서 감정받고 싶은 골동품 하나 없네요."

아내에게 툭 던진 말에 이내 반응이 왔다.

"없긴 왜 없어요. 두 개나 있지요, 당신과 나."

터져 나오려던 웃음이 멈칫했다. 쓸모없는 퇴물이란 말인가. 동의하려니 서글프고, 부정하려니 준거가 약하다. 노년이란 말로 대접받던 시대는 지나갔고 연륜이란 말도 깃털처럼 가볍다. 그래도 아직까진 그리고 앞으로도 숨 쉬고 말하는 골동품이 어디 있으랴, 위안의 눈길을 던진다.

'진품명품'에서 매긴 감정가는 적게는 몇만 원에서부터 많게는 몇십억 원대도 있다. 의뢰인들은 예상했던 금액보다 훨씬 높은 감정가에 놀라며 잘 보전하려는 의지를 보이기도 하고, 가품으로 판명되어 실망감을 드러내기도 한다. 돈으로 애증이 엇갈려서야 될 말인가. 사랑의 눈길로 바라봐야 사랑스러워지는 것일진대.

이 프로에서도 너무 귀중해서 값을 매기지 못한 경우가 있었는데, 안중근 의사의 '敬天'이란 유묵 휘호다. 감정원들이 감히 가격을 정할 수 없어, 상징적 감정가 '0원'. 그리고 신기하게도 감정원, 의뢰인 전문위원 다섯이 똑같은 금액을 제시한 경우도 있었으니, 우연의 일치인지 탁월한 심미안인지.

유형의 문화 소산 못지않게 연극, 음악, 무용, 공예 기술 등 무형문화재와 풍속이나 관습과 관련된 민속자료들도 가격을 매길 수 없는 민족혼의 삶터일 것이다. 허물어서는 안 될, 언제까지나 가꾸고 자랑스러워해야 할.

살다 보면 남의 떡이 커 보이는 현상이 자주 생긴다. 늘 접하느라 그 진가를 놓치는 것이다. 환경의 보물섬이라 불리는 제주에 살면서도 그 아름다움을 헤아리지 못하는 건 토박이의 역설일까도 싶다. 섬을 떠나야 섬이 보이는 법인데.

가장 지방적인 것이 가장 세계적이라 하지 않는가. 제주어를 비롯한 고유한 풍속을 보듬어야 하겠다.

웃는 얼굴, 우는 마음

우리 삶에서 행복 추구가 하나의 목적지라면 이성보다는 감성이 지름길이 아닐까 생각한다. 이성은 사유로 자라고 감성은 느낌으로 깊어진다. 둘 다 우리에게 필요한 요소이지만 아무래도 행복은 감성 속에서 아늑하다.

나는 많은 감정 중에서 웃음을 존경하고 울음을 사랑한다. 적지 않은 나이에 이르도록 웃음은 늘 생소한 손님이라면, 울음은 허물없는 친구처럼 여긴다. 그래서 웃는 사람을 부러워하고 그의 삶을 긍정한다. 우는 사람을 마음으로 끌어안고 등을 다독인다.

웃음과 울음, 이 두 가지만 잘 사귀어도 우리 삶은 좀 더 여유롭고 포근해질 것이다.

미소, 냉소, 폭소, 앙천대소나 눈웃음, 함박웃음 등 웃음의 종류는 수없이 많다. '웃는 얼굴에 침 뱉으랴.'라는 속담에서부터 '웃음치료'라는 말에 이르기까지 우리 삶에 두루 퍼진 것이 웃음이다.

지난해 어느 신문에서 읽은 글이 떠오른다. 한 할아버지에게 오래 산 비결을 물으니, "안 죽으니까 오래 살았지."하고 대답하였다.

나는 대답 속의 함의를 곱씹으며 고개를 끄덕였었다. 건강식을 한다거나 운동을 열심히 한다는 게 아니라 마음을 가볍게 다스린다는 것이다. 맞는 말씀이다. 세상의 모든 짐을 혼자 짊어진 듯 살아가는 사람이 장수할 수는 없을 테다. 할아버지는 미운 사람도 내버려 두니 알아서 먼저 죽고, 화날 때도 그냥 웃어 버린다고 하면서 자나 깨나 웃으며 살라는 장수의 비법을 털어놓았다.

돌아보니 나는 파안대소 한 번 터뜨린 적 없다. 그래도 종종 소리 없이 빙긋이 웃는다. 늑대의 미소를 지은 적이 없는 것만도 다행이지 싶다.

고백건대 나는 울보다. 요즘 들어 더욱 그렇다. 화면에서 고난에 허덕이는 사람을 보기라도 하면 마음이 울고, 요양원의 어머님을 생각할 때면 주르륵 주르륵 눈물이 나고, 하느님에게 하소연할 때면 나도 모르게 엉엉 소리까지 동반된다. 아내는 이 사실을 감지할 테지만 좀체 내색하지 않는다. 눈물이 비밀인 양 감추며 살려는 남편의 의도를 간파하면서, 목격하고도 못 본 체하는 마음이 때론 깊다.

내게 눈물은 슬픔과 고통의 치료제이다. 신기하게도 즉석 효과를 볼 때가 많다. 어린이와 눈 맞춤이라도 하고 싶을 만큼 마음이 정화된다.

내일은 전국동시지방선거일이다. 투표소로 갈 때면 여러 얼굴과 목소리가 뒤따르고 명함과 메시지도 종종걸음을 재촉할 것이다. 다들 희생하고 봉사하겠다는데 단 한 사람만 골라야 한다. 나는 가면과 가식을 벗기면서 능력과 눈물샘이 많은 사람을 선택할 테다.

선거란 상대가 죽어야 자신이 사는 모두가 원원할 수 없는 가혹한 제도다. 스스로 뛰어들었으니 결과를 대범하게 수용해야 한다.

아직 원숙하지 못해서인지 과정보다 결과가 궁금해진다. 누군가는 웃고 누군가는 울 것이다. 지면이나 화면 속의 주인공이 못 되더라도 희생과 봉사가 진정이었다면 시간은 늘 곁에서 기다리지 않겠는가. 목이 쉬도록 자신의 소신을 알린 것만도 생의 한 켜를 이루고 자신을 위로할 힘이 될 게다.

선거가 끝나면 축하와 위로라는 말이 떠돌듯, 평소에도 두루 돌아다니며 증오와 멸시를 몰아냈으면 한다. 사람 사는 일, 결국 웃고 우는 일인 걸.

3부

뜰에서 삶을 캐다

얼마 전에는 슬픈 진객을 만났다. 죽은 사슴벌레였다. 대부분 곤충은 징그럽다는 인식을 앞세워 다가오는데 사슴벌레는 예외적으로 귀족 중의 귀족이다. 가만히 손바닥 위로 올려놓았지만 움직일 수 없는 껍질은 생명체의 자화상 같다.

모과나무 분재
뜰에서 삶을 캐다
멀어지는 청력
부부
기대의 허울
잔디 마당과 잡초
생명을 생각하며
마음의 순도
호박청 만들기
하얀 접시꽃이라니

모과나무 분재

첫인상은 선머슴 같았다. 작달막한 키에다 오동통한 몸매, 까무잡잡한 피부가 시련 많은 삶이었음을 말해 주었다. 몇 사람의 손을 타며 내게로 왔을까. 조그만 방 한 칸 내어주니 고맙다고 머리를 조아렸다.

인연이란 참 묘하다. 함께 지내노라니 스승 노릇 할 때가 많다. 말뚝처럼 방에 갇혔는데도 탈출을 시도하지 않는다. 운명이란 동전의 양면 같아서 살포시 안으면 깃털이고 내치려면 바윗덩이라며 몸소 본을 보인다. 젊었을 때 몸통과 팔이 뒤틀린 채 철사로 결박당하고도 참아 내어 곡선의 몸매를 만들었노라고 은근히 으스대기까지 한다.

천성이 부지런하다. 봄맞이 준비를 일찍 서둘러 다른 나무들보다 비교적 앞서간다. 3월엔 잎을 틔우고 5월도 되기 전에 연분홍 꽃을 달아 놓는다. 꽃이 지면서 열매가 탄생하면, 늦가을까지 아낌없이 보살핀다. 새끼 사랑이 사람 못잖다.

모과는 울퉁불퉁한 모습 때문에 못생긴 열매에 줄을 세우지만,

나와 함께하는 녀석은 피부가 매끈한 달걀 모양의 새끼를 친다. 자연계에 돌연변이가 없다면 얼마나 가혹한 일인가. 추남으로 태어난 녀석은 영원토록 추남만 낳아야 할 테니.

생명이란 다들 비슷한 길을 걸어야 하는지, 이 친구도 수행으로 고난을 헤쳐나간다. 겨울이면 모든 잎을 떨구고 동안거에 든다. 힘을 비축하고 봄을 꿈꾼다.

이 친구의 성년식은 유별나다. 두꺼운 껍질을 태연하게 벗어 던지고 온갖 풍상에 맞설 용맹스러운 기개를 내보인다. 채찍으로 온몸에 핏자국을 남기는 원시부족의 성년식보다 외려 더한 통증을 견뎌내고 있음에랴. 그러고 나면 갈색과 회색이 조화롭게 어우러지면서 아름다운 피부로 재생된다.

올해 태어난 초록의 새끼 셋도 그새 초란만큼 커졌다. 점점 몸피를 불리며 노랗게 변해 갈 것이다. 맑은 정신의 향기가 듬뿍 담기면, 인간에게 보시할 날을 손꼽을 테지. 그땐 와락 가슴에 안아 부엌으로 모시려 한다.

모과 몇 조각 찻잔 속에 잠기면 은은한 향기로 후각을 취하게 할 게고. 탁자의 쟁반에 놓인 모과는 노란 향을 온 집 안으로 부어 놓을 것인데.

열매 달린 모과나무 분재여, 우리 인연이 어떤가. 나는 자네의 체신을 생각하며 고스란히 액자에 담아 마음 벽에 걸어 놓으려네.

뜰에서 삶을 캐다

일상이 잔잔한 물결이다. 평온하게 하루하루를 껴안는다. 코로나19로 인한 '집콕' 생활이지만 따분할 겨를이 없다. 에어컨 도움으로 불볕더위를 이기며 책장을 넘기기도 하고 몇 줄 끄적이기도 한다. 정기구독과 지인들이 보내주는 문예지에 더하여 도서관에서 대출해 오는 서적들로 읽을거리는 풍성하다. 마음 당기는 글을 졸졸 따르며 기억하고 싶은 문장은 공책에 적어 놓기도 한다.

그런다고 책상에 붙박이처럼 붙어 앉아 독서에만 몰입하는 건 아니다. 자주 마당을 들락거리며 머리를 식히기도 하고, 자연의 삶을 눈여겨보기도 한다. 마당의 소소한 풍경과 자그만 변화가 생기의 세포를 일깨운다. 마음에 여유를 주고 성찰의 눈을 밝혀준다.

내 발걸음 소리가 스몄을 마당은 10년 전 처음 인연을 맺은 곳이다. 묵은 주택을 사고 이사하면서 집 주변의 묵정밭 같은 대지를 정리해 뜰을 만들었다. 잔디를 깔고 정원수와 화초도 심었다. 손바닥만 한 텃밭도 마련했다.

울타리 북쪽은 나지막한 곶자왈 동산과 이어져 수많은 생명체가 무시로 넘나든다. 뜰 안을 조금만 살펴보아도 다인종 대식구의 삶터임을 알 수 있다. 까치 직박구리 제비 참새들이 무시로 공중에 길을 내고 크고 작은 나비들도 날개를 달았노라고 자랑한다. 까마귀쪽나무에 몸을 숨긴 채 휘파람새가 목청을 다듬고 두꺼비가 음치인 줄 모르고 사방으로 울음을 토해댄다.

만나고 싶지 않은 지네와 뱀은 물론 지독한 냄새를 풍기는 노린재와 노래기, 이름 모를 벌레들도 자주 눈에 띈다. 새끼 거미들이 먹잇감을 노리며 곳곳에 거미줄 치고, 잎말이벌레도 뒤질세라 화초잎을 돌돌 말아 둥지를 튼다. 새들의 입질을 막으려고 비닐봉지로 싸놓은 무화과가 벌어진 곳엔 수많은 개미가 몰려들어 만찬을 즐긴다. 생명체는 생명 보전을 최우선 과제로 부여받은 존재임이 아닐까 싶다.

무성한 국화잎 사이에서 가끔 메뚜기를 만난다. 파란색의 몸통이 참 귀엽다. 살짝 건드리면 폴짝 뛰는 솜씨가 놀랍다. 때론 방아깨비를 붙잡아 옛날 아잇적으로 내달리기도 한다. 두 개의 뒷다리를 잡으면 위아래로 몸을 움직이며 방아 찧는 모습 같아서 붙여진 이름이라는데, 목숨을 살려달라고 애원하는 마음을 읽지 못하고 여러 마리 구워 먹었던 어린 시절이 참회해야 할 몫으로 남았다. 애잔한 배고픔이여, 그때의 보시에 머리 숙이나니.

얼마 전에는 슬픈 진객을 만났다. 죽은 사슴벌레였다. 대부분 곤충은 징그럽다는 인식을 앞세워 다가오는데 사슴벌레는 예외적으로 귀족 중의 귀족이다. 가만히 손바닥 위로 올려놓았지만 움직일 수 없는 껍질은 생명체의 자화상 같다. 어이 숨을 거뒀을까. 벽체 바닥을 따라 분말 살충제를 놓은 게 문제였을까.

일전에는 다시 행운을 맞았다. 이번에는 살아있는 사슴벌레였다. 오른손 엄지와 검지로 집어 들었더니 몸부림이 제법이다. 나는 이미 어린아이가 되어 있었다. 고향 집의 울타리 구석엔 커다란 구실잣밤나무가 동백나무들과 이웃하고 있었다. 매미 소리가 땡볕만큼 달아오를 때면 나무 그늘에서 가끔 사슴벌레를 만날 수 있었다. 나는 그놈의 턱을 붙잡고 벌리려 하면 그놈은 오므리며 힘자랑하는 게 아닌가. 왼손 검지를 턱 사이로 밀어 넣으면 사정없이 조인다. 때론 피가 흐르기도 해 어리석음을 깨닫던 그때 그 놀이는 어디로 흘러갔을까.

이제는 그만 놓아 달라고 여섯 발가락으로 손바닥에 까칠한 메시지를 전해 온다. 나는 좋은 인연으로 다시 만나자고 되뇌며 울타리 밖 동산으로 가만히 내려놓는다. 대부분 생명은 명줄 놓으면 볼품없이 사라지는데, 사슴벌레는 온전히 몇 달을 버티면서 껍데기의 귀중함을 토로한다. 생명체의 흔적, 구체화한 삶의 흔적은 지워져도 누군가의 기억에 남았으리.

요즘 정성을 쏟는 식구가 하나 있다. 동네를 산책하다 마주치는 길가의 무궁화 같은 접시꽃에 눈독을 들이다 씨앗을 두어 개 따다 심었더니 싹을 내밀었다. 두 손바닥으로 하늘을 바치는 모습이 앙증맞다. 물뿌리개로 마르지 않게 물을 주는 일은 즐겁다. 무더위로 싹이 타 버리지 않도록 우산으로 그늘을 만든다. 짓궂은 바람이 우산을 날려버려도 허허 웃을 수 있는 여유가 생겼다. 돈이 안 되는 일에 마음을 두면 건강해진다고 했던가.

나이 들면서 행동반경은 줄어들고 나를 반겨줄 사람도 적어진다. 그러나 자연은 변함없는 정을 베푼다. 마당은 어머니의 품을 잃지 않는다. 온갖 응석을 부려도 다 받아 준다. 심고 매고 뽑는 즐거운 놀이터다. 그러면서 배운다. 생명은 경이롭고 아름답게 순환한다. 머지않아 홍시에 취하고 단풍에 가슴 탈 게다.

바람은 바람의 길을 가고, 나는 즐겁게 하루를 보내며 다시 맞을 것이다. 인생의 종점에는 나를 기다리는 선물이 있다기에.

멀어지는 청력

귀익은 아내의 말도 가끔 안 들려 "뭐라고?"를 두세 번 되풀이할 때가 있다. 아내는 한 지붕 아래 사는 연으로 짜증을 드러내진 않지만, 갑갑하고 한편 안쓰럽기도 할 테다. 나 자신이 원망스럽지만 멀어지는 귀를 어찌한단 말인가.

사람이 살아간다는 건 소통하는 일이다. 그 방법은 다양하다. 자연의 소리엔 마음의 귀로 듣고, 신과는 기도로써 소통한다. 그러나 일상생활엔 언어가 주류이며 그중에서도 말이 보편적인 도구일 테다.

말을 주고받는 건 기본적인 능력 같지만, 선천적이든 아니면 후천적이든 그러지 못하는 사람들이 있다. 농아는 수화를 사용하고 말이 통하지 않는 외국인과는 몸짓으로 소통하기도 한다.

얼마 전 50대의 교우 한 분이 돌아가셨다. 6년 전쯤 교우 몇이 아파트로 찾아가 그를 처음 보았었다. 거실 한쪽의 침대에 누워 있었고, 그의 아내가 곁에서 보살피고 있었다. 건장한 체구로 건설업에 종사하던 남편에게 루게릭병이 찾아왔다고 했다. 서서히 운동신경

세포가 궤멸하는 병이라 한다. 이제 그가 할 수 있는 건 오직 눈을 깜빡이는 것뿐이라 했다. 목 안으로 고무호스를 넣은 채 음식물을 투여하고 가래를 뽑아낸다고 했다. 스스로 말 한마디 할 수 없고 물 한 모금 마실 수 없는 생, 극한에 이르면 신앙을 품고 견딜 수 있는가. 왠지 사람이란 존재가 서러워졌다.

우리 쁘레시디움 교우는 두세 달에 한 번 들러 굳어 있는 그의 어깨며 팔다리를 주물렀다. 앙상한 뼈마디가 전하는 몸의 언어는 간결했다. 당신은 행복한 줄 알라며 채우려고만 바둥대는 내 마음을 부끄럽게 만들었다. 그는 고맙다며 우리에게 차를 대접하라고 아내와 소통했다. 할 얘기가 있으면 우선 눈을 깜빡거린다. 그러면 아내는 가나다라 하면서 자음을 짚어 가면 원하는 단어에서 눈을 한 번 깜빡한다. 이번에는 아야어여 하면서 모음을 말하면 다시 눈을 깜빡한다. 이런 식으로 단어를 만들면서 소통하는 것이다. 잠시 이야기를 나누다 병자를 위한 기도와 주모경을 바치고 헤어지려면 여러 감정이 뒤섞이며 뒤따랐다.

어찌하다 보니 지난 이태 동안 그를 찾아보지 못하다 부음을 듣고는 미안하고 슬픈 감정이 깊게 스며들었다. 이곳 풍습대로 일포날 빈소 찾아 조문하고 이튿날에는 성당에서 치르는 장례미사에 참례했다. 그의 아내는 몸이 바싹 말라 이전의 그녀가 아니었다. 무슨 암이라 했는데 나는 그 말을 알아듣지 못했지만, 굳이 되묻지도 않았다. 남편을 수발하고 두 아들을 키워내느라 얼마나 힘들었을까. 속이 새카맣게 타는 날도 많았을 테며 그로 인해 면역력도 많이 떨어졌을 것이다.

나는 가끔 엉뚱한 생각을 한다. 다음 생이 천국이라면 심심할 것 같고, 지옥이라면 너무 괴로울 것 같고, 이승 같은 세상이라면 별 흥미가 없을 것 같다는. 차라리 다음 생이 없으면 좋겠다는. 그러나 세상살이가 너무 힘들었던 사람을 생각하면 다시 행복을 누릴 수 있는 세상이 존재하길 기원하게 된다.

나이와 비례하여 여기저기 몸이 불편해지는 건 당연한 일이지만, 서글퍼지는 것도 사실이다. 기본적인 성인병과 친한 지는 오래지만, 점점 나빠지는 청력은 소통을 힘들게 한다. 선친이 나이 들고는 보청기도 소용없는 상태로 귀가 들리지 않았고, 청력이 나쁜 형제도 있는 걸 보면 나의 난청 현상은 유전성인지도 모른다. 그러나 또 하나의 원인도 있었다. 젊어서 예비군 훈련을 받을 때 귀마개 없이 M1 소총 사격을 한 게 탈이 났다. 윙 하는 귀울림이 멈추지 않아 병원을 들락거려도 그때 생긴 이명을 치료하진 못했다. 견디며 지낼 수밖엔.

요즘엔 마트에서 물건을 들고 계산대에 서면 가끔 실소를 짓게 된다. 이를테면 물건값이 2만 4천 원으로 알아듣고 만 원권 지폐 두 장과 오천원권 한 장을 건네며 거스름돈을 기다리는데 천원을 더 내라지 않는가. 2만 6천 원을 잘못 알아들은 것이다.

주임 신부님은 가끔 우스개를 덧대며 강론을 하신다. 신자들이 웃음을 터트릴 때 나는 감정을 모르는 목석이 되고 만다. 일전에는 성모승천대축일 판공성사를 보았다. 죄를 고백하고 나서 귀를 기울였는데도 사제가 주는 보속을 알아듣질 못했다. 되묻지 못하고 그냥 고해소를 나왔다. '하느님 이건 제 잘못이 아닙니다' 하며 속으로 되뇌었다.

보청기를 할 셈으로 먼저 단골 이비인후과를 찾아갔다. 전문의는 이전의 청력검사를 들추며 보청기가 도움이 되지 않을 거라 했다. 소리가 작게 들리는 문제라면 보청기로 소리를 증폭시키면 되겠지만, 나의 문제는 소리를 구별하는 일부 청신경이 상실됐다는 것이다. 일곱 개의 무지개색 중 두세 개를 못 보는 현상과 유사하다고 할까. 가와 나, 아와 어를 명확히 구별하지 못한다니 이 또한 나의 운명인가.

한 생을 살아내기가 쉬운 게 아니다. 그러나 힘든 과정도 지나고 나면 추억이 되기도 하고 아름다운 그리움으로 다가오기도 한다. 세상의 궂은소리, 헛소리를 못 듣는 셈 칠 순 없을까. 아름다운 소리만 상상으로 받아들이며 살라는 숙명이라면, 그래도 마음 젖을 것 같다. 장마 끝낸 하늘이 온통 파란 소리로 덮여 있다.

부부

“이젠 혼자서도 잘 살겠네요.”

심부름 다녀온 나를 보며 아내가 나직이 한마디 한다. 이전에는 가게나 마트에 들러 식료품 따위를 사는 걸 꺼렸었다. 그런 건 여인들의 일로 치부했으니 쑥스러움이 일곤 했다.

며칠째 아내는 독감에 시달리고 있다. 병원을 들락거리는데도 쉬 낫지 않아, 목에서 기침을 동반한 갈그랑거리는 소리가 마음을 저미게 한다. 식욕도 함께 달아난 모양이다. 맛있는 요리로 아내에게 점수를 딸 절호의 기회이지만, 요리하고 담을 쌓고 살아온지라 안타까운 마음만 깊어진다.

“하나로마트에 들러 찬거리와 당신 주전부리도 좀 사 오세요.”

아내가 일러 준 품목을 되뇌며 기꺼이 차를 몬다. 큰 눈이 그친 뒤라선지 매장에는 사람들이 꽤 붐비고 있다. 남자는 카트를 밀고 여자는 물건을 골라 넣는 풍경들이 가정의 군불처럼 따습다.

비닐봉지에 시금치를 조금 담고 콩나물 봉지와 속살 배추를 고르니 채소 문제는 해결된다. 자리를 옮겨 돼지 앞다리 고기 한 토막과

내가 즐길 커다란 아몬드 봉지를 집어 든다. 일단 소임은 끝난 셈이다. 다시 이동하다가 커다랗게 입을 벌린 아귀를 마주한다. 아귀찜 생각이 스멀거려 아내에게 전화하니, 아귀찜에는 딸린 재료들이 더 필요하므로 그만두란다. 나중에 몸이 나으면 해드린다며 대신 생선회를 좀 사 오라고 한다.

회를 파는 코너에는 이미 포를 뜬 방어회가 스티로폼 접시에 포장된 채 고객을 기다리고 있다. 수족관에는 활어들이 돌아다니고, 그 앞에는 젊은 부부가 점주와 이야기를 나누는 중이다. 별안간 여자의 목소리가 날카롭게 들린다.

"당신 정말 왜 이래? 한 마리 다 못 먹는다니까."

동시에 일그러진 표정이 여자의 얼굴을 스쳐 간다. 남자는 침묵이 대답인 양 아무런 대꾸가 없다. 한창 정겨운 이야기를 나누며 서로를 감싸 안을 시절인 것 같은데, 무슨 사연이 있었던 것일까. 혹시 남자는 친구 몇을 초청하여 한잔하려는데 아내의 심사가 뒤틀린 것은 아닐까. 부부의 문제는 내밀한 것이어서 상상해 본들 무엇 하랴. 여성의 목소리는 커지고 남성의 마음은 작아지는 세태이고 보니 오순도순 살아가는 모습이 점점 아쉬워진다. 부부애가 익기 전에 시든다면 얼마나 쓸쓸한 가정의 풍경인가.

서로 다른 인격체가 만나 몸과 마음을 섞으며 해로한다는 것은 쉬운 일이 아니다. 상대에 대한 존중과 배려, 사랑을 동반하지 않으면 부부라는 나무는 성장하지 못한다. 알콩달콩 사는 일이 말처럼 쉽지 않다. 칼로 물베기라는 부부싸움도 쌓이다 보면 돌덩이 같은 생채기가 된다. 가슴에 박힌 대못의 상처는 영원토록 치유되지 않고 심중에 잠복했다가 어느 순간 폭발하며 가정을 완전히 무너뜨리기도 한다.

황혼 이혼이니 졸혼이니 하는 말이 쓸쓸한 생의 겨울을 더 춥게 만드는 이즘이다. 나이 들수록 고독해지는 삶을 어떻게 보듬으려는지 안타까운 일이 아닐 수 없다. 함께 오랜 세월 건너노라면 모난 각들도 둥그러진다는데 좀체 풀리지 않는 원망이 켜켜이 쌓여 마음 벽을 뚫고 나오는 현상일 지도 모른다. 다름을 틀림으로 의식하기 시작하면 인간관계의 끈은 거미줄처럼 가늘어진다. 부부라고 예외일 수는 없다.

이와는 달리 몸이 불편한 배우자의 손발이 되는 것이 자신의 존재 이유인 양 살아가는 사람을 볼 때면, 부부의 의미를 되새기게 된다. 서로 손잡고 밝은 표정으로 석양 노을 속을 걷는 노년의 모습은 얼마나 아름답고 숭고한가. 농익은 부부애는 사랑의 완성인 것을.

"당신 나보다 오래 살아 있을까 걱정이에요."

요즘에 가끔 듣는 말이다. 아내의 속 깊은 마음이 녹아 있다. 홀로 남겨진다면 겪을 남편의 아린 삶을 떠올리며, 더 세심히 나의 건강을 챙긴다. 효를 실천하는 자녀라 해도 악처의 마음에 못 미치는 것이 이치 아닌가. 집을 짓는 것은 남자지만 가정을 꾸리는 것은 여자라는 사실은, 서로 부족한 부분을 채우라는 부부의 기본 소임이 아닐까.

저녁 식탁에 놓일 삶은 돼지고기가 도마 위에서 모락모락 김을 올리고 있다. 적당한 크기로 토막토막 썰어 접시에 담으면 눈으로도 맛이 들어온다. 배춧잎에 고기 한 점과 마늘 조각을 올려놓고 된장까지 곁들이면 입이 즐겁다. 매운 고추를 썰어 놓은 간장에 적셔 먹어도 고기 토막은 밥을 훔치게 한다.

두어 점 입에 넣던 아내는 기어이 수저를 내려놓는다. 입맛을 잃은 채 약을 먹으려고 억지로 식사하는 모습이 안쓰럽다. 홀아비 만들지 않으려면 싫어도 좀 더 들라는 강권에 말값으로 한 입하고 방으로 들어가며, 식탁 정리와 설거지는 나중에 하겠노라고 덧붙인다.

며칠 달그락거리는 소리를 방에서 듣자니 미안했었나 보다. 늘 나에게 기울어진 삶의 저울추를 아내는 묵묵히 감내해오지 않는가. 이럴 때면 내면 깊숙한 곳에서 말할 수 없는 감정이 짙게 일렁인다.

그릇을 씻으려 슬며시 수도꼭지를 튼다. 아내의 노고가 사르르 쏟아진다. 그 속에 애틋한 마음이 흐른다.

기대의 허울

"어쩐 일로 이번엔 금방 일어서네요."

아침에 아내가 나의 언행을 살피며 건넨 말이다. 어제저녁 수필집을 내려고 문화예술진흥기금을 신청했던 결과가 발표되고 탈락의 잔을 들이켰지 않은가. 아내는 며칠 속앓이가 이어지리라 생각한 모양이다. 내 작품 수준이 상대적으로 낮은 탓이겠지 하며 나는 대수롭지 않게 반응했지만, 쓴맛이 여울지는 건 어쩔 수가 없다.

얼마 전에 아내는 집 안으로 물이 넘쳐 들고, 울안에서 탐스러운 사과를 따 먹은 꿈 이야기를 하며 모두 길몽이라 했었다. 좋은 일이 생기길 바라는 건 인지상정이어서, 아내의 실망감도 클 테지만 나를 위해 표정 관리를 하는 모양이다.

몇몇 문우들 응원의 메시지에 부응하지 못해 생긴 여러 감정이 마음자리에 덕지덕지 붙어 있다. 인생살이에서 쓴잔을 마시지 않고 살 수는 없지 않은가. 재기의 디딤돌로 삼느냐 주저앉는 누름돌이 되느냐의 문제일 뿐이다. 언제 다시 도전하리라 마음을 다독인다.

기대가 풍선처럼 부풀었다가 허망하게 바람이 빠져 버린 지난 일이 떠오른다. 교직에서 정년 3년을 남기고 교장 승진을 고대하던 때였다. 주변에서는 교장 승진 영순위라며 나의 기대감을 잔뜩 부풀려 놓았다. 도교육청이 인사 발표하던 날 승진자 명단을 하나하나 읽어 보았지만 내 이름은 없었다. 절로 한숨이 새어 나왔다. 추락하는 실망감이 바닥을 모른 채 며칠 동안 이어졌다. 축 늘어진 마음을 달랠 힘이 생기지 않아 온갖 돌팔매질을 해댔다. 무력하고 왜소하고 무능하고 보잘것없고 미련하고…. 온갖 부정적인 수식어가 나를 옥죄었다.

그때의 일로 최악의 결과를 염두에 두는 버릇이 생겼다. 실망감을 줄이려면 기대감도 줄여야 한다는 사실을 체득한 것이다. 기대하지 않았다 좋은 결과가 나오면 농구공 튀기듯 기쁨이 솟아오를 게 아닌가. 그렇더라도 작은 기대감마저 없이 살아갈 순 없는 일이다. 너무 넘치지 않게 누를 수 있는 마음의 근력이 필요할 뿐이다. 사실 고된 일상을 견뎌내는 힘은 특별한 이유 없이도 좋은 일이 다가오리라는 막연한 기대감이 아닐까 싶다.

실망감을 넘어 절망감을 대비하는 능력도 키워야 한다. 이 능력은 클수록 바람직할 터이지만 이것 또한 쉬운 게 아니다. 그래서 사람들은 고난의 시간을 두려워하고 예고 없이 들이닥치면 원망하게 된다. 왜 하필 나냐며 울부짖는다. 흔히 부딪치게 되는 건강이나 경제 또는 인간관계의 문제로 속을 태운다. 한없이 걸어도 빛이 보이지 않는 터널 속에서 서서히 지혜의 싹이 움트기 시작했음을 뒤늦게 깨닫는다. 침울하고 고통스러운 일들이 생의 나무를 키우는 밑

거름이었음을 지난 후에야 알게 되는 것이다.

우연을 필연으로 느낄 때도 있다. 어쩌면 필연인지도 모른다고 생각하며 그 근원을 헤아려 보기도 한다. 오늘 생긴 소소한 일도 그랬다. 스마트폰 울림소리에 열어 봤더니 오랜만에 카톡으로 루시아 수녀님이 동영상 하나를 링크해 주셨다. 지난해 교우들과 피정 갔을 때 부산의 예수성심전교수녀회에서 한 번 뵈었던 분인데 그게 인연이 되어 가끔 문자로 안부를 나누는 사이가 되었다.

동영상은 EBS의 성찰을 위한 기획물이다. 석영중 교수가 도스토옙스키의 〈카라마조프가의 형제들〉을 꿰차며 저자의 천국과 지옥에 관한 생각을 간단명료하게 해설한다. '양파 한 뿌리'가 강연의 핵심 소재다.

단 한 번도 선행을 베푼 적이 없어 지옥으로 던져진 할머니가 있다. 지옥의 불바다에서 고통을 받는 모습이 가엾어서 그녀의 수호천사는 할머니의 생애에서 양파 한 뿌리를 거지 여인에게 준 사실을 알아내고 하느님께 아뢴다. 하느님은 양파 한 뿌리를 수호천사에게 주며 그녀가 그걸 잡고 올라오면 천국으로 보내고 끊어지면 도로 지옥으로 떨어진다고 말한다.

할머니는 기쁜 마음으로 양파 뿌리를 잡고 지옥을 벗어나려 할 때 지옥의 다른 사람들도 함께 천국으로 올라가겠다고 매달린다. 할머니는 자기가 선행으로 얻은 것이라며 그들을 걷어차는 순간 양파의 뿌리는 끊어져 버린다. 모두가 공멸하고 만 것이다.

할머니는 양파의 뿌리를 하느님의 은총으로 보지 못하고 단지 물질로 본 것이다. 그리고 너와 나를 구분하여 자신만 구원받고 싶은 욕망을 드러낸 것이다. 너와 나의 틈새는 사랑이 없는 단절의 공간인 셈이다. 실천적 사랑이 없으면 누구도 구원 받을 수 없음을 형상화하고 있다.

도스토옙스키가 들려주는 '나는 존재한다, 고로 사랑한다.'라는 말에 그의 구원관이 잘 나타나 있다. 사랑은 선택의 문제가 아니라 존재하기 위한 전제 조건인 셈이다. 이쯤에서 나 자신을 돌아보고 사회를 둘러보게 된다. 너와 나, 내 집단과 네 집단으로 나누는 이분법적 처세는 우리 사회를 구원의 길에서 점점 멀어지게 할 뿐이다. 양파 뿌리가 끊어져 버리는 공멸의 순간을 기억할 수 있어야 한다.

아무리 많은 사람이 매달려도 끊어지지 않는 양파 한 뿌리를 성찰하라고 수녀님은 에둘러 말하려 했을까. 아니면 쓴맛은 단맛의 다른 이름임을 알려주고 싶었을까. 동영상을 보고 나서 우울한 마음이 깔끔히 씻겼다고 답장을 보냈다.

미세먼지를 씻어내는 봄비가 뜰에 내리듯, 내 마음에도 가늘게 내리고 있다.

잔디 마당과 잡초

잔디 마당을 갖는 것이 나의 로망이었다.

20년 가까이 살던 집은 50평도 안 되는 정사각형 모양의 대지에 세워진 25평의 단층 슬래브였다. 남향이었지만 대문은 북쪽에 있었고 현관도 집 옆면의 끝자락에 있었다. 늘 시멘트 바닥을 지나다녔다. 손바닥만 한 앞마당엔 삼나무 단풍나무 동백나무를 심는 통에 조그만 공간마저 내주고 말았다. 때론 푹신한 흙을 밟고 싶어도, 줄넘기를 맘껏 하고 싶어도 주어진 공간이 허락하지 않았다. 그뿐만 아니라 동서남북으로 건물이 들어서는 바람에 통로를 제외하곤 독 안에 든 쥐의 신세 꼴이었다. 숨이 막혀 갑갑했다.

올레 맞은편에는 대궐 같은 기와집이 있었다. 널따란 앞마당엔 잔디가 깔려 푸른 융단을 펼친 듯하였다. 저런 환경이라면 밥을 안 먹어도 배불러 근심 걱정 없이 행복해질 것만 같았다. 길을 지나다가도 잔디 마당을 마주칠 때면 초라한 집이라도 마음이 부자인 사람들이 살고 있으리라 부러웠다.

나의 로망은 수동적으로 이뤄졌다. 9년 전 시골에서 슈퍼를 운영

하는 셋째 처남이 고등학교에 입학하는 자녀를 데리고 살아달라는 부탁을 했다. 그러면서 좀 더 큰 집으로 이사하도록 도와주었다. 시내 변두리로 자리를 옮기면서 가슴이 부풀었다. 오래된 기와집이었지만 정원을 가꾸고 잔디 마당을 만들 수 있다는 현실감이 출렁였다.

바닥을 고르고 50평쯤 군데군데 토종 잔디를 심었다. 부지런히 물을 주며 관리한 결과 일 년 후에는 잔디들이 서로 다정히 어깨 겯고 손을 맞잡았다. 푸른 마음으로 힘차게 살아 보자며 하이파이브를 하는 듯했다. 나도 그들과 마음을 같이하며 생기 돋는 시간을 만들어 갔다.

울타리 방풍림은 새들의 쉼터가 된다. 참새 박새 동박새 휘파람새 직박구리 까치까지 빈번히 날개를 접고 목청을 돋우다가 뜰 안으로 내려 갖은 열매를 즐긴다. 애석한 마음은 없다. 이렇게라도 보시할 수 있다면 다행이지 않은가. 간간이 듣는 새 소리는 덤으로 받는 선물로 여긴다.

잔디 마당은 자연의 놀이터다. 바람이 살랑이며 촉수를 깨우고 햇살이 간질이는 장난질에 흐뭇하게 웃는다. 주변의 화초가 피어나면 눈인사가 바쁘고 낙엽이 구르면 어울리는 옷으로 갈아입는다. 장대비에도 내색 않아 가슴으로 받아들이고 하얀 눈은 이불 삼아 덮는다. 이뿐인가. 멍멍이가 뛰놀다 이리저리 뒹굴며 등을 비벼도 싫은 내색을 하지 않는다. 사람 발걸음은 더 보듬는다. 잔디는 오직 품는다.

잔디 마당이 삶터로 탐이 나는지 하나둘 잡초들이 넘보더니 해마다 수를 불린다. 닭의장풀 바랭이 괭이밥 덩이괭이밥 개망초 민들레 질경이 쇠비름 애기땅빈대…. 온갖 잡초들이 잔디를 몰아낼 심산으로 야금야금 점령한다. 나는 보는 족족 뽑아내며 일전불사를 외치지만 녀석들은 마이동풍으로 내 심사를 아랑곳하지 않는다. 한번은 나의 만류에도 아내는 잡풀이 많은 곳에 제초제를 뿌렸었다. 주변의 잔디까지 죽어 버려 마치 머리카락이 빠져 헤싱헤싱한 머리를 연상시켰다. 그 후론 내가 알아서 관리하겠노라고 큰소리쳤지만 쉽지가 않다.

가장 성가신 녀석이 괭이밥이다. 실 같은 가는 줄기로 잔디 사이를 헤치며 세력을 넓힌다. 덩치가 커지면서 비죽이 잔디 위로 머리를 내민다. 조그만 노란 꽃이 앙증맞게 웃으며 토지 임대료라 하지만 내 아량은 금세 바닥이 난다. 삭과를 터드려 싹을 틔우고 기어이 온 마당을 점령하겠다는 심보다. 난들 어쩌랴. 나는 오로지 잔디 편이다. 그래도 잡풀을 뽑을 때면 내 기준에 따른 것이기는 해도 생명에 대한 미안함을 느끼곤 한다.

내 뜰에서 살도록 허락한 적도 없고 더구나 초대한 적이 없는데도 마구잡이로 덤비는 녀석들에게 백기를 들 순 없지 않은가. 농약상에 문의할까 하다 그만둔 적이 한두 번이 아니다. 들에 뿌리내렸다면 들풀로 당당히 살 수 있었을 것을. 만물은 선택 이전에 존재하는 운명임에랴.

일 년에 세 번 잔디를 깎는다. 유월 초, 장마가 끝나는 7월과 늦

가을에 예초기를 돌리면 사철 단정하다. 밟을수록 깔끔하니 신통하다.

사람을 풀에 빗대기도 한다. 권력에 휘둘리는 백성을 민초라 하고 보잘것없는 삶을 잡초 같은 인생이라 한다. 하지만, 그 끈질긴 잡초의 생명력으로 지구의 생태계가 보존되고 민초로 인하여 사회가 존속할 수 있는 건 아닐는지.

잘난 사람을 일러 날고 긴다고 하지만, 사람은 날고 길 수 있는 존재가 아니다. 그래서 정신의 날개로 날고 마음의 배로 기어가며 이상을 실현하고 난관을 헤쳐 가는 지혜를 발휘한다. 극과 극의 생활방식을 조화롭게 활용할 수 있다면 잘난 사람임이 틀림없다. 기는 걸 생의 줄기로 아는 괭이밥도 잘난 족속일 것 같다.

새의 날갯짓과 괭이밥의 기는 짓을 생각하다가 그만 내려놓고 푸른 잔디 위에 마음을 눕힌다. 자연의 푸근함에 녹아들어 그냥 좋다.

생명을 생각하며

죽음을 맞는 모습은 천차만별이다. 사극을 보노라면 가끔 사약이 놓인 상 앞에 꿇어앉아 석고대죄하는 죄인을 만나게 된다. 과연 어떤 반응을 보일까, 마음을 졸인다.

대부분 주인공은 덤덤히 사약을 받아 마시고 피를 토하며 쓰러진다. 최후를 맞는 심정이 어떠할까. 거역할 수 없는 어명 앞에 순순히 현실을 수용하게 될까 아니면 자신의 잘못을 자인하며 후회하게 될까. 마지막까지 임금께 충언을 고하기도 하고 성은이 망극함을 읊조리기도 하나, 마음의 진실은 본인 이외에는 영원한 비밀인지도 모를 일이다.

때로는 잘못이 없노라 하며 억울함을 토로하기도 한다. 앞의 줄거리를 아는 시청자들은 구차한 변명인지 아닌지를 판별하며 억울함에 동참하기도 하고 등을 돌리기도 할 것이다.

나무들도 사약을 받으면 다양하게 최후를 맞는다. 소나무를 위시하여 대부분 나무는 밑동으로 베이면 다시 살아나지 못한다. 소나무의 사철 푸른 기개가 목숨을 두려워하지 않는 충절처럼 보인다.

반면에 동백나무처럼 끈질기게 생명을 보전하려는 나무들도 있다. 몇 년 전 뒤뜰의 굵은 은행나무 세 그루를 베어 낸 적이 있다. 그런데 웬걸 밑동에서 푸른 싹이 힘차게 솟아나는 게 아닌가. 싹을 문지르고 밑동에 제초제를 흠뻑 뿌려댔지만 기회를 보면서 다시 싹을 내밀곤 했다. 나무껍질이 까맣게 변하고 서서히 벗겨지면서도 여전히 뿌리 쪽에서 생명줄을 드러내었다. 3년간 제초제를 들이밀어야 마지못해 저승으로 영영 건너가는 걸 보았다.

지난겨울에는 늙은 대추나무 한 그루를 베어 냈다. 이놈 역시 생명줄을 끊는 게 문제다. 생각보다 멀리 뿌리를 뻗으며 곳곳에 자녀를 낳듯 새싹을 틔운다. 올봄부터 제초제를 뿌려 보지만 내성이 생긴 건지 여기저기서 삐죽삐죽 고개를 쳐든다. 땅속에 숨은 뿌리를 죄다 들어내기 전엔 '나 죽여 봐라'하고 외려 놀릴 것만 같다.

그러고 보니 생명은 신의 영역임이 틀림없다. 그런데도 낙태죄 폐지를 놓고 말이 무성하다. 태아의 생명권이 중요하다고도 하고 임산부의 건강권이나 자기 결정권을 존중해야 한다고도 한다.

지난 4월 가톨릭 국가인 아일랜드에서는 헌법 개정 국민투표를 통해, 찬성 66.4% 반대 33.6%로 낙태 금지를 명시하고 있는 헌법 조항을 폐기하도록 결정했다. 여성의 목소리가 커지니 이런 현상이 나타나는 게 아닌가 하는 생각이 든다.

성당에서 낙태를 반대하는 서명 운동이 있었다. 나도 동참하기는 했지만, 내면에서는 쉽게 그쪽으로 기울지 못하고 갈등을 빚었다. 그러고는 생명의 신비를 떠올리는 글이 생각나서 얼굴이 붉어졌다.

어느 의과대학의 한 교수가 졸업을 앞둔 학생들에게 질문을 던졌다고 한다. "아버지는 매독에 걸려 있고, 어머니는 폐결핵 환자이다. 이들에게서 아이 넷이 태어났는데 첫째는 매독균으로 맹인이 되었고, 둘째는 이미 병들어 죽었고, 셋째 역시 부모의 병 때문에 귀머거리가 되었고, 넷째는 결핵환자가 되었다. 그런데 어머니가 또 임신을 했다. 이런 경우 그대들이라면 어떻게 하겠는가?" "유산시켜야 합니다." 하고 하나같이 입을 모았다. 그러자 교수는 정중하게 말을 이었다고 한다. "그대들은 지금 베토벤을 죽였어."

우리가 아는 악성 베토벤이 바로 이런 환경에서 태어났다니. 모두가 유산을 시켜야 마땅하다고 판단할 만한 환경에서 다섯 번째 태어난 아이가 바로 베토벤이라지 않은가.

법에 저촉되지 않는 한 나무를 베었다고 처벌받지는 않는다. 생명관의 문제일 뿐이다. 어쩔 수 없었노라고, 나무는 베토벤이 될 수 없다고 합리화해 본들 신 앞에서는 100% 잘못했노라고 빌 수밖에 없을 것 같다.

생명체의 운명 또한 신이 관장하는 일임에랴.

마음의 순도

운명은 건널 수 없는 절망의 벽이기도 하고 또 다른 세상으로 향하는 계단이기도 하다. 가혹한 운명을 짊어진 젊은이가 저리도 마음을 밝게 다스리고 있다니.

읽고 쓰며 밀도 있게 시간을 보내려고 TV 보는 시간을 확 줄였다. 노래 재능을 아쉬워하며 살아온 탓인지 '전국노래자랑'과 '가요무대'가 유일한 고정 프로다. 가끔 채널을 돌리다 마음을 끄는 프로를 만나면 나도 모르게 빠져들 때도 있다.

이미 조금 진행된 '동행'이란 프로에 시선이 들앉는다. 부산에서 살아가는 88세 할머니와 27세 손자의 이야기다. 청년이 10살 때 어머니가 대장암으로 돌아가고 술에 의존하던 아버지마저 이듬해 급성간경화로 세상을 떠난다. 그로부터 소년은 시장에서 고등어를 팔며 생계를 꾸리는 할머니 손에서 자란다.

어린 마음 깊숙한 곳엔 부모의 손을 잡고 즐겁게 걷는 아이들 모습이 얼마나 부러웠을까. 때론 글의 행간이 문장보다 더 넓고 깊은 의미를 부여하듯, 묵묵히 살아가는 모습 속에 부모의 모습을 수없이 떠올리고 지웠을 세월이 애틋하게 상상된다.

시간은 상처를 치유하고 삶에 생기를 돋운다. 소년은 청년으로 자라면서 뮤지컬 배우가 되는 꿈을 키운다. 음악 강의 책 저자를 찾아가 노래를 배우기 시작한다. 서울로 향하던 어느 날 버스 안에서 거품을 물고 쓰러져 병원에서 검진을 받은 결과 뇌종양 3기로 판명된다. 지난해 5월 청년은 수술대에 올랐으나 수술받을 부위의 상태가 좋지 않아 모든 종양을 다 제거하지는 못한다. 그 결과 경련을 일으키면, 서 있기조차 힘든 고통이 찾아든다.

고난은 여기서 그치지 않는다. 할머니가 알츠하이머 치매에 걸려 지난해부터 증상을 드러낸다. 온화한 성품이 변하여 아무런 이유 없이 욕설하고 밥상을 엎기까지 한다. 오랜 세월 함께해서일까, 유독 고등어에 집착이 심하다. 냉장고는 물론 김치통 몇 개가 고등어로 가득 찼는데도 다시 사들이곤 한다.

청년은 밥상을 차리고 집 안을 청소하는 것은 기본이며, 형편이 어려워 하루 세 시간씩 식자재를 차에 싣고 내리는 시간제 일을 한다. 심신이 고단한데도 할머니를 환하게 웃도록 하는 것이 주된 일과다. 사랑한다는 말과 함께 볼에 뽀뽀하며 기분을 좋게 하려고 애쓰는 모습이 천사 같다.

얼굴엔 어두운 그늘이 없다. 밝디밝다. 언행에는 연기로도 불가능한 진솔함이 드러난다. 할머니보다 먼저 돌아가면 안 된다고, 이 상태로라도 삼 년은 버텨내야 한다고 말할 때는 내 눈가가 축축해졌다.

나는 요양원에 계신 노모께 사랑한다는 말을 몇 번이나 했으며 살갑게 안아 본 적은 몇 번이나 될까. 부끄러운 인생이다. 모자간에는 말을 안 해도 다 소통될 것이란 생각이 철없었음을 깨닫는다. 말씀을 잃어버린 어머니의 삭정이 같은 굳은 손을 잡고 있노라면 일렁이는 감정을 재울 길이 없다. 활처럼 휜 등을 쓰다듬노라면 뼈마디가 대나무 악기처럼 소리를 내고 있음에랴.

화면 속의 청년, 그의 고운 마음이 선율로 흐른다.

"할머니의 상처를 마음으로 치유해 드리는 것이 제 사랑이 아닐까요?"

청년은 운명을 밟으며 아득히 계단을 오르고, 나는 그의 소원이 성취되길 빌며 힘찬 박수를 보낸다.

청년의 마음 꽃이 아름답다.

호박청 만들기

실패한 일에도 쓴웃음이 아니라면 쓰다듬고 싶은 경험일 테다.

늦은 봄부터 호박 넝쿨이 자라면서 꽃이 피고 열매가 달리는 걸 즐겁게 바라보며 텃밭을 드나들었는데, 이제 호박의 생은 종점에 이르렀다. 늦가을에 누렇게 익은 맷돌 호박 여남은 덩이를 따서 허드레 부엌 한쪽에 갖다 놓았다. 호박을 처리하는 건 아내의 몫이다. 친정 동생네에게 몇 덩이 갖다주고 나면 요긴하게 사용하지 못하고 봄에 이르러 상한 것들을 버리기 일쑤이다. 이럴 때마다 아까운 생각이 들곤 한다.

외진 곳에서 피어나, 바람의 손길에 나풀거리던 풀꽃은 사람의 눈길과 마주치면 어떤 생각이 들까. "참 곱다"라는 이야기를 듣는다면 설레는 마음으로 생을 위로하지는 않을까. 이런 생각을 하노라니 일생을 살아낸 호박이 그대로 버려진다면 얼마나 쓸쓸하고 허망하랴 싶다. 아무도 자신을 필요로 하지 않는 상황에 놓인다면 누구라도 초라한 가슴이 더 삭막해질 테다.

문득 문우 Y가 보내준 호박조청을 맛있게 먹었던 기억이 떠올랐다. 그래 내가 한번 만들어 볼까. 인터넷을 뒤져 호박청 만드는 방법을 알아보았다. 간단하고 쉬워 보인다.

여느 때처럼 새벽 세 시쯤에 일어나 부엌으로 향했다. 호박 두 개를 씻고 큰 부엌칼로 골을 따라 쪼개서 씨를 빼냈다. 다시 반달 같은 것들을 반으로 잘랐다. 이것들을 큰 솥에 넣고 물을 같은 높이만큼 넣은 후 가스레인지 위에 올리고 삶기 시작했다.

몇십 분 지나니 단단하던 몸체가 흐물거리는 듯하다. 국자로 확인하고 솥을 바닥에 내려놓고는 커다란 양푼과 채반을 준비했다. 쪼그려 앉아 국자로 호박 건더기들을 채반에 넣고 휘젓고 문지르며 양푼으로 내려가게 했다. 쉬운 듯이 생각했던 단순한 이 일이 고역이다. 잠시 후 아래 허리가 뻐근해지며 통증이 인다. 방석을 깔고 앉을 걸 쪼그려 앉은 게 탈이다. 과체중이 근본 문제일 것이다. 체중은 먹지 않으면 줄어들게 마련인데 먹거리에 욕심내는 꼴이니 이 무슨 어설픔인가.

애초에 껍질을 벗기고 삶았더라면 이런 수고는 안 해도 될 일이었다. 중도에 포기할 순 없어 찬물을 섞으며 손으로 주물럭거리기도 했다. 자잘한 알갱이들이 들어 있는 물을 솥에 넣고 잔불로 졸이기 시작했다. 이쯤에서 주걱으로 자주 저어 주지 않으면 눌어붙는다는 아내의 조언이 다가온다.

솥뚜껑을 열어 놓고 자주 눈길을 보냈다. 떡이 되든 밥이 되든 될대로 되라 생각하다가 그래도 그건 아니라며 팔이 아리도록 주걱을 휘젓는다. 호박 특유의 냄새와 함께 적갈색의 고운 빛깔이 짙어진다. 고온을 견디지 못하고 여기저기서 뽀글뽀글 솟아오르는 모습이 영상에서 본 활화산의 팔딱거리는 시뻘건 불놀이 같다. 지옥도 저런 유황불이 끊이지 않는다지. 호박에 영혼이 있다면 자연의 한 세포로 태곳적 순수를 지향하며 살아냈으므로 좋은 곳으로 인도되지 않을까.

낮이 되어서야 나의 시도는 끝이 났다. 순갈로 떠서 맛을 본다. 달짝지근한데도 뭔가 모자라다. 그래, 끈적이는 밀도가 없다. 새끼가 어미와 떨어지지 않으려고 발버둥 치는 그런 밀착감이 없어 맛이 진하지 못하다. 볼일로 외출한 아내에게 나의 첫 작품은 실패라고 일렀더니 호박죽 재료로 사용하잔다.

다시 인터넷을 검색해 보았다. 호박청이 아니라 호박조청을 만들었어야 했다. 고두밥과 엿기름으로 삭힌 물엿을 섞어 졸였으면 성공한 작품이 되었을 텐데…. 다시 언제 도전해야겠다.

호박청 한 사발로 점심을 때운다. 자신이 만든 음식은 늘 맛있다. 남이 만든 음식은 이러쿵저러쿵 삿대질도 하지만 자신에겐 그리할 수 없음인가. 아내에게 식사 타령했던 일들이 미안해지기도 한다.

문우 Y가 보내준 호박조청 속에는 얼마나 많은 정성과 시간이 스며 맛과 향을 뿜었을까. 직접 경험해서야 생의 질량을 가늠할 수 있는 모양이다.

견주면 맛없지만 내가 만들어 맛있는 호박청을 입속으로 넣으며 질박하게 살아가는 사람들을 떠올려 본다.

하얀 접시꽃이라니

뒤뜰에 하얀 접시꽃이 피었다. 깔끔하고 소박해서 조심스레 눈길을 준다. 어이해 하얗게 피었을까. 아무리 생각해도 이치를 알 수가 없다.

3년 전 봄에 빨간 접시꽃을 앞마당에 심었었다. 홑꽃과 겹꽃 두 종류였다. 6월이 되자 장대같이 자란 꽃대에 빨간 등을 내걸면서 정열을 뿜어냈다. 이태 동안 내 마음을 고혹했다. 가을이 되자 꽃대를 잘랐더니, 뿌리 근처에서 잎이 돋아났다. 내 딴엔 물을 주며 관심을 쏟느라 한 게 탈이었을까, 지난해 새로 돋은 잎들이 시들며 내 곁을 떠나버렸다. 서운했다.

올봄에 뒤란에서 접시꽃 싹이 돋아났다. 이렇게 반가울 수가. 꽃대를 버린 곳이라, 씨에서 발아한 모양이다. 사이좋은 형제들처럼 세 줄기가 힘차게 자라더니 잎 마디에 봉오리를 키우기 시작했다. 홑꽃일까 아니면 겹꽃일까. 봉오릴 벌려 보고픈 궁금증이 일었다. 그런데 하얀 홑꽃을 피운 것이다. 근처엔 흰 접시꽃이 없어 씨앗이 바람 타고 이주해 온 것도 아닐 텐데.

끝날 때까진 끝난 게 아니란 말, 하얀 접시꽃에서 읽는다. 미래가 어떻게 펼쳐질지 뉘 알겠는가. 야구 경기에서 9회 말 한 방의 홈런으로 역전승을 거둔다면, 이보다 호쾌한 것이 또 있을까. 우리의 삶에서도 때론 회심의 미소를 지을 일이다. 설령 삶에 지쳐 풀썩 주저앉을지라도, 이 말을 떠올리면 앙다물고 일어설 수 있을 테니까.

세월이 쌓이는 탓인지 인생을 놀이처럼 여길 때가 많아진다. 늙어 갈수록 육체는 피폐해지고 마음도 서러워진다. 나날을 살살 달랠 수밖에 없다.

늦깎이로 글쓰기와 뒹구는 건 내게 행운이다. 이렇다 할 시나 수필 한 작품 쓰지 못해 자신을 타박하기도 하지만, 깜냥대로 쓰는 거지 하면 마음 편하다. 게다가 별로 돈 들이지 않고 무료하지 않으니 얼마나 좋은가.

누구라도 그림이나 서예, 악기 연주나 글쓰기 등에 발을 디딘다면 노년도 두렵지 않을 것이다. 젊어서 시작했다면 축복일 테고. 공부는 노력, 예능은 타고난 재능이라 생각했는데 그게 아니라고 한다. 잭 햄부리크 교수에 의하면 음악 분야에서는 79%의 선천적 재능과 21%의 노력, 스포츠 분야는 82%의 재능과 18%의 노력 그리고 공부에서는 96%의 재능과 4%의 노력이 성패를 판가름한다는 글을 읽은 적이 있다.

못 믿겠다면 정주영의 어록 하나를 떠올리면 될 듯하다. "해보기나 했어?" 그래, 해보기도 전에 예단하며 포기하는 경우가 얼마나 많은가. 음치라고 낙인찍지 말고 유행가 몇 곡 익혔더라면 노래방이 진저리치는 곳은 아니었을 텐데. 자신의 능력을 제대로 아는 사람이 얼마나 될까. 신이 주신 능력을 손 한 번 잡지 못하고 헤어진다면 송구한 일이다.

제주시청 도로행정과에서는 시詩와 함께하는 인문학 버스정류장 조성을 위해 작품을 공모하여 30편을 선정했다고 한다. 큰 박수를 보낸다. 한두 달 후면 정류소 표정이 달라지지 않을까. 사람들은 버스를 기다리는 동안 잠시 시심에 젖으며 고된 삶을 위로하고 주변을 포근히 바라볼 것이다. 또 누군가는 시의 씨앗을 받아 갈는지도.

시는 문학의 정수요 영혼의 등불이라고도 한다. 인간과 세상을 심미적으로 바라볼 때 세상의 그늘은 줄어들 것이다.

날씨가 무더워지고 마스크로 호흡이 힘겹지만, 우리 살았던 오늘이 아름답게 기억되기를.

4부

모과를 마주하고

갈색 원목 식탁 위에 놓인 정물 하나가 촛불처럼 부엌을 밝힌다. 하얀 접시에 담긴 노란 색깔의 응축, 네 개는 접시 바닥에 모아 놓고 가운데 하나를 올려놓았다. 같은 세월 속에 다져진 다섯 혈육의 형제애가 저리 아름다울까. 함께 어울리니 더욱 빛나는 얼굴들이다.

계단
빈 둥지
속내를 찰랑이는
오일장이 당기
모과를 마주하고
손자의 사진첩
시간의 징검다리
표절
심리전
11월의 끝자락

계단

산악인은 산에 오르는 이유를 산이 있기 때문이라 한다. 가슴에 와닿는 말이다. 누구나 태어난 인생이므로, 우리가 살아야 하는 이유를 에둘러 표현하는 듯하다.

어제는 한낮에 따라비오름을 올랐다. 능선 초입에는 하얀 억새꽃이 살랑이는 바람에 장단을 맞추며 춤사위를 펼치고 있다. 이웃한 띠들도 일제히 바람에 순응하며 시간을 물들이고 있다. 혼자 걷지만, 오가는 산행객들로 외롭지 않다. 무르익는 가을 풍경이 손 잡고 동행까지 하고 있지 않은가.

통나무 계단을 밟으며 고도를 높인다. 얼마 못 가서 숨이 차다. 다시 이 계단을 오를 기회가 있을까 생각하니 숙연해진다. 하루가 모여 일생이 되듯이 어쩌면 이 순간이 내게 주어진 진주의 시간이란 생각이 든다.

계단은 봉사를 전제로 한다. 누구나 밟고 오르도록 몸을 내준다. 계단이 누군가의 발바닥을 떠받치는 건 산등성이란 정수리 위에 올라앉은 자의식의 발로일지도 모른다. 대우를 받았으면 대우를 해

줘야 한다는 삶의 자세가 몸에 밴 탓이려니.

계단은 높은 곳을 지향한다. 그곳엔 무지갯빛 꿈과 이상향이 펼쳐질 것이다. 한 계단 한 계단 의지를 다독이며 계단을 오르노라니 정상에 다다른다. 일순에 가슴이 뻥 뚫린다. '야호!' 하고 목청껏 소리치고 싶지만, 주위 사람들을 생각하며 침묵으로 외쳐 본다. 시야에 들어오는 것들 모두 나를 환영하는 것만 같다. 나도 푸근하게 미소를 전한다. 높은 곳에 서면, 근심 걱정을 잊고 마음이 편안해지는 이유는 무얼까. 만물을 품는 자연의 모성애가 가없기 때문은 아닐까.

길섶엔 이름 모를 풀꽃이 가을 속에 해맑게 웃고 있다. 철쭉꽃도 간간이 눈에 띈다. 계절을 거스르는 몸부림일까, 처연한 생각을 훔쳐 읽는다. 무리 속엔 앞선 자와 뒤처진 자, 강자와 약자가 혼재하게 마련이다. 이게 자연의 조화다. 분명한 건 공생하도록 배려하지 않으면 인간 사회는 타락의 늪 속에 빠져 헤어 나오지 못하리란 걱정이다.

나무 벤치에 앉아 오감으로 자연을 들이며 마음을 세척한다. 따라비오름의 정상 가까이 발걸음을 보듬어 준 계단에 감사한다. 그러나 무언가 결핍의 계단을 느끼게 된다. 더 높이, 더 높이 오를 수 있는 계단. 아마도 그건 사람마다 마음의 계단을 설계하고 구축하는 수밖에 없을 것이다. 달에도 별에도 그 너머 은하수에 이를 계단.

내 인생의 흔적이란 계단 하나 남기면 누군가 감사히 밟고 오를까. 엉뚱한 생각을 엮어 가며 계단을 내려간다. 몇 개의 짐을 부려

놓은 느낌이다.

그새 석별의 정을 아쉬워함일까. 억새꽃이 한없이 손을 흔든다.

빈 둥지

계절이 나를 성숙의 길로 안내하고 있다.

초록의 꿈을 키웠던 잎새들이 형형색색 물들어 겸손히 흙 위로 몸을 누인다. 나는 서정의 옷을 걸치고 생의 의미를 찾아 떠난다.

앞마당에는 몇 년 전 오일장에서 데려온 앵두나무가 그새 왕성히 자라 지난해에는 무수한 열매를 맺었었다. 올봄에도 조그만 꽃들이 하얗게 흐드러지더니 파란 열매들을 탄생시켜 가지마다 달아 놓았다. 신의 손길이 다녀갔을까, 6월 들어서 열매들은 앙증맞은 빨간 보석으로 변했다.

양푼에 열매들을 따놓다 조그만 빈 둥지 하나를 발견했다. 누구의 보금자리였을까? 박새였을까 아니면 동박새였을까. 그사이 둥지를 드나드는 새를 보지 못했으니 얼마나 조심스럽게 둥지를 만들고 알을 낳아 부화시켰을까. 열심히 먹이를 물어다 새끼들의 벌린 입 속으로 넣어 주는 어미 새의 모습을 그리노라니 시나브로 어머니의 얼굴이 떠오른다.

어릴 적 내가 살던 조그만 초가집에는 여기저기 거미줄이 쳐졌었다. 방구석에도 거미줄이 달리기 일쑤였는데 한 번은 많은 새끼 거미가 우글거리며 알주머니를 벗어나는 모습이 보였다. 곁에는 어미의 몸통과 발들의 껍데기가 매달려 있어서 어머니께 알렸더니 물끄러미 그 모습을 보시며 말없이 길게 숨을 내쉬었다. 그때 나는 긴 숨의 의미를 알 수 없었다. 미물의 세계에서도 새끼들에게 온몸을 내주는 어미의 헌신에 울컥하셨으리라. 당신의 걸어오신 길을 떠올리며.

많은 나날을 떠나보내고 야위어진 달력 두 장이 거실 벽에 매달려 유한의 시계추를 흔들고 있다. 나목의 숲 사이로 싸늘한 바람이 건너오며 사유의 손을 흔든다. 나는 영혼을 깨우며 삶과 죽음의 의미를 헤아리지만 역부족이다. 과연 어디로 와서 어디로 가는 것일까.

빈 둥지에는 가족들이 쌓아 올린 사랑의 추억이 수북이 담긴 듯하다. 자연의 발걸음을 묵상하노라니 인생도 결국 조그만 빈 둥지 하나 남기고 떠나는 새와 겹친다. 죽어서 완성되는 운명을 기쁘게 수용할 수 있으면 좋으련만.

속내를 찰랑이는

내 귀가 어느 시인의 소라껍질을 닮았을까, 파돗소리를 그리워하는.

늦은 주말 아침, 자동차로 10분 거리인 삼양 바닷가를 찾았다. 지척인데도 가끔 찾아가면 이방인이 되어 속내를 털어놓지 못하고 돌아서는 곳이다. 바다도 가을엔 외로움을 타는가 보다. 잔잔한 숨결로 사색 중이다.

망망대해에 떠다니는 배 한 척 없다. 하필이면 네게도 구름 한 점 없느냐고 회색 하늘을 향해 바다는 위로의 눈길을 보내는 것 같다. 자신을 위로하려는 속내를 감추고서.

검은 모래 해수욕장으로 알려진 곳이어서 한여름에는 피서객들로 북적댄다. 바닷가는 넓은 마음으로 따뜻하게 품었던 사람들이 그리울 테다. 이제 폐장이 되어 썰물처럼 모두 떠나니 적막감만 쌓인다. 성장한 자녀들을 멀리 떠나보내는 부모의 마음처럼.

갖가지 공연장이 되기도 하는 아담한 모래사장 뒤편에는 서너 단의 관람석이 있고 모래사장이 끝나는 서쪽으로는 월파를 막는 열

개의 단이 늘어섰다. 맨 윗단과 수평으로 폭 3미터 길이 100미터쯤 되는 산책로가 합성데크로 만들어졌고 군데군데 벤치들이 자리한다.

의자에 앉아 바로 앞에 있는 모래 위 수많은 발자국으로 시선을 보낸다. 모래는 결속이 부족하다고 비난을 받곤 하지만 마음은 그게 아니다. 크고 작은 발자국들을 고스란히 가슴에 품은 채 누군가의 시간을 보듬는 공동체의 모체임을 드러내고 있다. 파돗소리를 담아 놓았다가 바람에 지워 내고 새로운 발자국을 맞이할 저 자취들은 언제까지 순환의 이치를 설파하려나.

어느 때는 일생의 시간이 찰나로 단축되며 회상되기도 한다. 지금이 그런 시간인가 보다. 바다에 풀어놓았던 기억들이 잔물결로 되살아난다.

비가 내린 후 건천 웅덩이의 고인 물에서 첨벙거리다가 자연스레 수영을 배웠다. 초등학교에 입학해서는 하굣길에 벗들과 어울려 갯가의 조그만 포구에서 어설픈 수영을 복습하기도 했다. 고인 냇물과는 달리 출렁이는 파도는 늘 강한 힘을 뽐내는 것 같았다. 시퍼런 물빛이 깊이를 숨긴 채 온몸을 잡아끄는 듯했다. 시나브로 나는 무섬증을 극복하고 떠다니는 조각배가 되어 있었다.

초등학교 3학년이었을까. 방과 후 곧장 집으로 돌아오라는 어머니의 말씀을 흘려버리고 또래 셋이서 바닷가로 향했다. 초여름 더위에서 즐기는 놀이는 뻔하다. 모두 알몸으로 길쭉한 멜통(멸치 드는 원담)에서 물장난에 여념이 없었다. 뭍으로 이어진 바위 위로 시선을 돌리자 옷가지를 들고 가시는 어머니 뒷모습이 들어왔다.

부끄러움에 울음이 이어졌다. 집은 외진 곳이나 그리 멀지 않아 다행히 마주친 사람은 없었다. 그러나 물과 공기는 달랐다. 하늘에도 눈이 달렸음을 그때 느꼈다.

어머니와 만든 단 한 번의 극화, 그 후에 그 일을 여쭤본 적이 없다. 얼마나 화가 나셨는지, 아니면 얼마나 속이 아렸는지. 그렇게 나는 놀이 시간을 반납하고 여러 형제자매의 맏이 역할에 스며들었다. 돌아보니 일찍 마음밭에 근면의 씨앗을 뿌린 시절이 고맙기도 하다.

처음 배를 타 본 것은 중학교 3학년 초였다. 학생회장단 선거와 관련하여 달 밝은 저녁에 이웃 마을로 득표 활동을 나섰다. 부회장으로 출마한 여학생과 서로 표를 밀어주기로 약속할 참이었으나 숫기가 부족한 나는 몇 마디 못하고 얼굴만 붉어지다 친구들과 뱃놀이에 합류했다. 한 녀석이 통나무로 엮은 테우를 능숙하게 노 저으며 포구를 벗어났다. 이내 머리가 어지러웠다. 출렁이는 파도 위를 느리게 떠가는 거북이의 몸짓이 아니라 질주 그 자체였다. 총총한 별도 달빛에 부서지는 은빛 파도도 즐길 수가 없었다. 멀미의 달인이었으니….

멀리 방파제를 향해 자리를 뜬다. 사유의 걸음이 여유롭다. 하늘과 땅과 바다를 보면 생명체에 필요할수록 거인으로 태어난다는 것을 깨닫게 된다. 바다는 물의 어머니요 생태계의 보호자이다. 수면이나 지표에서 증발하는 물은 수증기로 대기에 올라 다시 비나 눈으로 되돌아오는 거대한 순환 과정을 반복한다. 이에 더하여 바다는 온갖 어종은 물론 다양한 식생들을 길러 인간에게 베푼다. 그 이로움이 그 크기일 터이다.

방파제는 한 팔을 길게 뻗어 포구를 감싸고 있다. 너른 포구는 호수처럼 편안하다. 먼바다를 그리워하는 듯이 조그만 배들이 서너 곳에 무리 지어 휴식 중이다.

방파제 끝에 묵직하게 서 있는 빨간 등대가 서너 명의 낚시꾼과 어울리고 있다. 자석에 끌리듯 다가가서 사방을 바라본다. 한없이 펼쳐진 바다가 가슴을 뻥뻥 뚫는다. 뭍을 바라보니 왼쪽에는 원당봉, 가운데는 아파트 숲, 오른쪽에는 별도봉과 사라봉이 가까이 들어오고 멀리 한라산이 아름다운 원경을 이루고 있다.

조사들은 한참이나 시간만 낚고 있다. 청소년 시절 손쉽게 낚던 그 흔하디흔했던 놀래기 후손들은 다 어디로 간 것일까.

탐욕 · 탐욕 · 탐욕, 찰랑이는 파도가 답을 준다. 뭐라 뭐라 귀를 간질인 사연이 무겁다.

오일장이 당기네

오일장은 자석처럼 나를 당긴다. 그래서 딱히 볼일이 없을 때도 가끔 찾아가곤 한다. 가까운 곳에 있다면 자주 들락거릴 만큼 무슨 매력이 있는 걸까.

우선은 오일장에 들어서면 들풀 같은 생명력을 느낀다. 세상살이가 쉬운 시절은 없었을 것이다. 온몸에 박힌 삶의 고난과 근육질이 엉켜 하루를 묵묵히 채우는 사람들 숨결이 좋다. 그냥 바닥에 채소류를 벌여놓고 손님이 지날 때면 주름살로 삶을 하소하는 할머니의 풍경은 내게 묵언의 용기를 준다.

오일장에서 생계를 꾸리는 사람들이나 물건을 사러 오는 사람들은 너 나 없이 바닥을 사랑할 줄 아는 사람일 테다. 애초부터 고급스러운 물질적 삶을 체험하지 못했을, 그래서 그냥 이대로도 족하다고 느끼는 사람의 소박한 내음이 좋지 않은가. 나는 고만고만한 사람들 틈에 끼어 신경 쓸 필요 없이 마음 놓고 구경하고 흥정하며 마음의 골짜기로 원초의 바람을 밀어 넣는다. 살아야 하고 살 수 있다는 바닥의 말을 듣는다.

70여 년을 살아오면서 고급 백화점을 들른 적이 몇 번 없다. 그러니 내겐 남에게 내보일 만한 브랜드가 없다. 어릴 적 설빔으로 구멍 난 양말을 교체하는 것만으로도 기분이 좋았고, 그런 마음 줄기가 내면으로 흐른 탓인지 커서도 반짝이는 금붙이를 크게 선망하진 않았다. 현실적으로 여력이 없으니 신 포도라고 자위했을지도 모른다.

서울의 대형 백화점이건 시골의 장터이건 별반 다름이 없는 게 있다. 바로 생명체이다. 물건엔 진짜 가짜가 있을 테지만, 생명에는 그런 게 없다. 자체로 완성이고 가치다. 나는 오일장에 들를 때면 꽃이나 나무 가게에 눈길을 보내며 늘 한두 개 사 들고 간다.

보름 전쯤에 오랜만에 차를 몰아 오일장을 찾아갔다. 코로나19 때문에 방콕 생활을 이어가다 바람을 쐬고 싶어서였다. 이전만큼 붐비지는 않았지만, 마스크를 쓴 사람들이 제법 왁자지껄했다. 빈혈에 좋다 하여 비트를 몇 덩이 사고 감자도 한 상자 샀다. 차에 실어놓고 꽃가게를 기웃거렸다. 다양한 꽃들이 올망졸망 이웃하며 날 데려가라고 눈웃음 지었다.

성당 마당에 세워진 성모상 주위에 피어난 백합을 보며 아내가 감탄한 순간이 생각나 봉오리가 묵직하게 매달린 백합 한 분을 샀다. 그리고 어릴 때 친구네 집에서 얻어 심었던 다알리아꽃이 떠올라 분홍과 하양 두 종류를 사고, 백나리와 노란 장미도 한 분씩 샀다. 집에 도착하자마자 마당 한 귀퉁이에 이 꽃들을 정성스레 심고 물도 흠뻑 주었다. 널 사랑하겠노라고 마음도 보탰다.

감자 상자를 보더니, 아내가 하나로마트보다 비싸다고 일갈한다.

오일장엔 덤 하나 얻는 맛으로 찾아온다 했을 때 젊은이는 그러지 않아도 싼 거라며 싹둑 잘라버렸고, 내 입은 민망하여 오그라들지 않았던가.

며칠 지나서 백합이 봉오리를 열었다. 다소곳이 고개 숙인 청순한 하얀 얼굴을 고대했는데 뜻밖이었다. 큼직한 여섯 개의 잎사귀는 가장자리만 하얗고 연붉은 색깔 곳곳에 검붉은 점들이 무수히 박힌 것이 글래머 연예인 엉덩이 같은 느낌을 전한다. 노란 꽃술도 당당하게 자신감을 드러낸다. 다소 아쉽지만 싫지 않은 인연이리라.

몇 해 전에 왕자두란 팻말에 혹해서 묘목 하나를 사서 마당 가운데 심었었다. 성장이 왕성해서 눈에 띄게 자라더니 하얀 꽃을 덕지덕지 피웠다. 그러나 열매는 몇 개 달리지 않고 왕자두와는 정반대로 거봉 정도의 크기로 끝을 맺었다. 속았다는 불신감에 종주먹을 날리며 지난해 봄에는 다른 나무 가게에서 왕자두나무 한 그루 사다 심었다. 이번엔 성장할 줄 모르는 나무처럼 눈여겨봐도 움직임이 없는 듯했다.

그래도 잎사귀가 돋아나며 살아있음을 증명했다. 잔가지가 거북이처럼 자라며 매단 잎사귀는 영락없이 복숭아 잎이었다. 나무는 열매로 판단한다지 않는가. 올봄에 꽃이 피었다. 연분홍 꽃이 화사하게 웃었다. 복숭아나무에 '넌 자두가 아니잖아. 내가 원한 건 자두야.' 하고 말할 수는 없는 노릇이다. 너의 잘못은 조금도 없다. 장사치란 말을 겨우 목구멍 밑으로 눌러 놓았다.

몸에 좋다 하여 한때 개복숭아가 인기를 끌었지만 나는 일반 복숭아이길 바랐다. 나무도 내 마음을 읽은 듯하다. 이제 골프공만 하게 자라며 햇볕이 드는 쪽으로 붉게 화장을 한다. 어떤 맛을 만들며 속살을 다듬고 있을까. 궁금하지만 나는 그 기다림이 좋다. 작은 설렘이 하루를 살아내는 나의 힘이다.

아내는 정원에 더 이상 꽃을 들이지 않으면 좋겠다고 한다. 화초와 나무에 정성을 쏟다 헤어지려면 마음 아파 어떨 거냐는 의미다. 내가 떠나고 당신이 아파트로 이사한다고 하더라도 누군가는 이곳의 화초를 보며 아름다움을 느끼게 된다면 족하겠노라 되뇐다.

삶의 활력이 떨어지면 다시 오일장을 찾아서 힘을 충전하려고 한다. 그 자리 그 할머니는 여전히 이전처럼 하루를 지키실까 살피기도 하고, 먹거리도 좀 사 들고 와서 아내와 나눠 먹으며 담소할 것이다. 화초도 한두 개 사서 빈 화분을 외롭지 않게 하고, 우연히 지인을 만나면 환하게 악수하며 순대국밥이라도 함께 하고 싶다.

내가 밟아도 되고 밟혀도 좋은 오일장의 시끌벅적 속에는 혼자이면서 혼자가 아닌 인연의 끈이 설키며 시간을 채색한다. 찾아갈 때마다 오일장은 추억의 메모지를 주머니에 슬며시 넣어주는 마력의 장소이다.

모과를 마주하고

노란 모과 향을 눈으로 맡고 있다. 코끝을 가까이하면 노승의 품격 같은 향이 은근히 스며난다.

대문 가까운 곳에 소나무 소사나무 주목 같은 몇 개의 분재가 자리한다. 그중에서도 올해는 모과 분재에 많은 눈길을 보낸다. 15년 전쯤 오일장에서 인연을 맺은 모과나무에서 콩알 같은 열매가 탈 없이 커 가면서 마음속을 들락거린 정분이다.

모과나무는 깔끔한 성품에 정갈한 마음을 드러낸다. 세월이 쌓이면 제 몸의 껍질을 스스로 벗겨내며 수도자로 자란다. 갈색과 연노랑이 어울리며 무늬를 만들고, 세월이 다듬은 모오리돌처럼 몸체는 매끈해진다.

4월이면 새잎이 채 자라기도 전에 연분홍 꽃을 피운다. 꽃이 진 자리엔 여기저기서 열매가 달린다. 몇 개만 남기고 적과 하지만, 성과에 이른 적은 별로 없다. 붉은별무늬병에 잘 걸리기 때문이다.

향나무를 중간 숙주로 하는 녹균이 4~6월경 안개나 비에 숨어 모과나무나 배나무를 집중적으로 공격한다. 잎에는 여기저기 적갈색 반점과 털 모양의 돌기가 생겨나고 옆으로 번지면서 잎은 제 기능을 못 하게 된다. 잎뿐만 아니라 열매에도 침범하여 흉한 모습을 만들면 고통의 표상이 된다. 찌그러진 상흔을 보면 이내 따내지 않을 수 없다.

농약을 치지 않으니 열매가 온전히 자라기를 기대하는 건 당치않다. 요행히도 올해엔 다섯 개의 열매가 흠 없이 커 간다. 올봄에는 긴 가뭄으로 붉은별무늬병이 찾아들지 못했으니 헤아릴 수 없는 자연의 셈법일 테다.

모과는 여름과 가을을 지나면서 예상과는 달리 아름답게 성숙했다. 흔히 볼 수 있는 울퉁불퉁한 비대칭이 아니라 반듯한 타원형 얼굴이다. 달걀 두세 개 합친 크기로 방긋 웃는 아기의 속살 같은 표피와 농익은 노란색은 두루뭉수리 감정을 포용하는 성자를 연상시킨다.

11월 중순에 접어든 어느 날 아침, 모과 한 알이 땅에 떨어져 있었다. 시간을 거슬러 상상해 보았다. '이제 다 이루었다.' 성자의 말씀이 농축되어 낙하하는 열매가 연상되었다. 나무에서 네 개의 열매를 모두 따냈다. 바닥으로 떨어지기 전에 공손히 모시고 싶은 마음에서다.

갈색 원목 식탁 위에 놓인 정물 하나가 촛불처럼 부엌을 밝힌다. 하얀 접시에 담긴 노란 색깔의 응축, 네 개는 접시 바닥에 모아 놓고 가운데 하나를 올려놓았다. 같은 세월 속에 다져진 다섯 혈육의 형제애가 저리 아름다울까. 함께 어울리니 더욱 빛나는 얼굴들이다.

6남 2녀, 형제자매들을 떠올린다. 막냇동생은 일찍 우리 곁을 떠났지만 남은 일곱은 여기저기 흩어져 살아간다. 접시에 담긴 모과 같았으면 오죽 좋으랴만, 성인이 된 후 세파를 헤쳐가느라 한데 어울린 시간이 별로 없다. 모과의 노랑처럼 마음이 뭉친 경우는 몇 번이었을까. 힘든 세상살이 탓이려니 하면서도 맏이 노릇 못하는 자괴감에 빠지기도 한다. 무소식이 희소식으로 흐르는 강물에 문득문득 서로의 그리움을 흘려보낼 테지만.

모과나무는 두꺼운 잎을 연노랑에서 갈색으로 바꾸더니 하나둘 바닥으로 내려놓고 있다. 열정으로 계절을 넘어서서 나목을 목전에 두고 무슨 생각을 하고 있을까. 열매와 잎을 떠나보내며 방하착을 설하기라도 하는 것일까.

나무에게 겨울은 봄을 잉태하는 희망의 시간일 것이다. 사람에게 노년은 어떤 시간일까. 죽음이 찾아오는 시간이 아니라 죽음을 맞으러 가는 시간이면 좋겠다는 생각에 이른다. 죽음은 삶을 빛내는 거울이기에. 사람들은 공수래공수거라며 인생의 덧없음을 한탄하지만 나는 한 짐 잔뜩 짊어지고 가련다. 아무리 생각해도 물질적으로는 가져갈 게 없지만, 마음과 정신이야 온 우주라도 짊어지고 가면 되지 않겠는가. 소소한 일상이나 하잘것없는 사물들이라도 새롭게 보고 싶다. 따뜻하게 보고 싶다. 가슴에 품고 어루만지고 싶다.

이제까지 행복은 늘 조건의 벽 너머에 있었다. 이것만 해결된다면, 저것만 얻을 수 있다면 하고 기도하고 발버둥 쳐 보았지만, 행복이 건너오거나 행복 쪽으로 다가설 수 없었다. 이제 깨닫는다, 사이를 가로막는 건 물질이 아니라 마음의 벽임을. 왕창 허물어도 괜찮은 마음의 벽. 모과나무에서 세월을 살아가는 마음을 읽어야겠다.

식탁 의자에 앉아 모과와 눈 맞춤한다. 이름을 불러 주어야 꽃이 된다는 시인의 말이 살아난다. 2년마다 분갈이하면서 튼튼하게 자라기를 얼마나 바랐던가. 병에 걸린 잎 부분을 도려내며 얼마나 마음이 아팠던가.

하늘 높은 곳에서 나의 이름을 불러 주는 음성을 들을 때 주변에서 나의 이름을 불러 주는 마음을 느낄 때, 겨울 나목처럼 봄을 맞고 싶다. 생의 에너지를 불꽃처럼 태우면서 하나씩 이름을 불러 봐야겠다.

생각할수록 사방엔 아름다움이 넘친다. 모과처럼 물들고 싶은 시간이다.

손자의 사진첩

기억이 익으면 추억이 되고 그리움을 낳는다. 삶의 줄기이다. 아쉽게도 기억은 시간 열차를 타고 아스라이 사라지기 일쑤다. 그래서 사람들은 삶의 소중한 순간들을 글이나 사진으로 남기려 하는가보다.

한 해가 저무는 날엔 으레 새로운 달력에 가족 생일이나 친인척의 기일, 중요한 행사를 메모하고 묵은 달력과 교체한다. 침실과 부엌 벽면에 걸어 놓으면 일 년간 충실한 나날의 나침반이 된다.

새해가 며칠 지난 어느 날 아내는 조그만 탁상 달력 하나를 건네준다. "웬 달력인데?" 하며 표지를 보니, 사진 석 장이 시선을 끌어당긴다. 잘생긴 남자아이 모습이다.

"우리 지호, 잘 생겨서 예." 아내의 멘트를 듣고서야 주인공을 알아차린다. 손자가 달력의 사진으로 인쇄될 줄은 미처 생각하지 못했다.

왼쪽 사진엔 빨간 점퍼에 남빛 캐주얼 바지를 입고 웃는 얼굴로 놀이터의 동굴을 빠져나오는 모습이고, 가운데는 검은 정장에 함박

웃음 탈을 양손으로 들고 미소 짓고 있다. 오른쪽 사진에는 검은 정장에 흰 셔츠와 빨간 나비넥타이를 맨 손자가 가운데 자리 잡고 다른 두 아이는 한 발 뒤로 물러서 양편에 선 채 케이크에 꽂은 촛불을 끄기 직전 모습이다.

사진 위에는 'CALENDAR', 아래에는 '지호의 자연숲 이야기'라고 쓰여 있고 오른편에는 아이들이 좋아하는 암수 두 마리 토끼의 캐릭터가 그려져 있다. 달력의 낱장마다 앞면에는 사진 한 장과 다양한 캐릭터와 당해 달의 날짜들이 들어 있고, 뒷면에는 여러 장의 사진이 조화롭게 배치되어 있다. 세 살짜리 손자가 지난 일 년 동안 '자연숲 어린이집'에서 보낸 추억의 시간들을 사진첩으로 담아 놓은 것이다.

사진만큼 흘러가 버린 시간을 구체적으로 되돌리는 것도 드물 것이다. 내게 오래된 시간을 되살리는 건 초등학교 시절 흑백사진 몇 장이 유일하다. 그러고 보니 세 아들의 어린 시절에 사진도 많이 찍어 주지 못하고 잊히지 않을 추억거리도 별로 만들어 주지 못한 게 가슴 아프다. 요즘 젊은 부모들은 자식이 자라는 모습을 사진이나 동영상으로 많이 남겨 놓는다고 하지 않는가.

내겐 할아버지나 할머니가 어떤 분이셨는지 궁금할 때가 있다. 할머니는 내가 태어나기 전에, 할아버지는 어린아이일 때 돌아가셔서 기억이 나지 않는다. 남아 있는 사진이나 글이 없어 상상의 나래로도 다가설 수가 없다. 안타까운 일이다.

사진은 글만큼 사람의 마음과 삶을 표현할 수는 없을 것이다. 어떤 성품으로 무슨 일을 하며 어떻게 살았는지를 기록으로 남긴다면 후손들과 끊임없는 대화의 통로가 될 것이다. 그러기에 부족한 능력도 수필의 길로 들어선 건 다행으로 여긴다.

달력 맨 마지막 면에는 단체 사진 한 장과 다음과 글이 실려 있다.

'애교 많은 귀염둥이 지호야,

자연숲 어린이집에서 지내면서 햇살반 친구들, 선생님과의 즐거운 추억들이 지호에게 소중한 시간이 되었기를 바라며, 앞으로 유치원에 가서도 좋은 친구들 많이 사귀고 밝고 즐겁게 생활하길 바란다.

지호의 귀여운 애교와 미소가 많이 보고 싶을 거야. 그동안 어린이집에서의 크고 작은 추억의 시간들이 지호에게 많은 도움이 되었기를 바라며….

햇살반 선생님이'

짧은 글에서도 일 년 동안 손자를 보살핀 선생님의 따뜻한 마음을 읽게 된다. 살갑게 이야기를 나누며 수없이 눈 맞춤했을 모습을 떠올린다. 우리 지호에게 아름다운 추억을 만들어 주신 선생님께 감사드린다.

'지호야, 올해도 밝은 표정으로 유치원 생활을 잘해야겠지. 친구들과 어울리며 함께 살아가는 태도를 배우기 바란다. 탁상 달력은

할아버지가 오래 간직했다가 네가 자란 훗날 펼쳐 보며 이야기를 나누자꾸나.'

혼잣말하노라니 멀리 떨어져 사는 손자가 오늘따라 더 보고 싶다. 핏줄 속으로 흐르는 그리움이 이리 진한가.

시간의 징검다리

인생이란 시간의 징검다리 건너며 필연으로 피는 꽃은 아닐까.

미세한 물방울들이 세상을 점령했다. 자욱하다. 머릿속에 각인된 선명한 풍경들이 모두 지워져 낯선 곳으로 나아가듯 시선이 굳어진다. 미등이나 비상등을 켜고 오가는 차량이 도로임을 알리지만 가속페달의 무게는 가볍다. 거북이라고 탓할 사람은 없을 것이다.

동향이며 교직에서 함께 지낸 적이 있는 지인 모친이 돌아가시어 시골로 나선 문상길이다. 추적이던 겨울비가 중산간에 이르니 짙은 안개로 변신한다. 이런 상황에서는 자신을 한껏 드러내는 것이 모두의 생존방식이다. 탈무드의 등불을 든 장님을 떠올리며 그 마음을 이어야 한다.

시공 하나가 날씨 속에서 살아난다. 10여 년 전 삼월 어느 날, 백모님의 부음을 듣고 이른 새벽 아내와 함께 시골로 향하고 있었다. 시내를 벗어나니 농무로 가시거리가 짧아졌다. 그런데도 눈감고 갈 수 있을 만큼 익숙한 길이라며 별로 긴장하지 않았다. 희미하게 오른쪽 샛길이 보였다. 급히 오른쪽으로 핸들을 꺾는 순간 쿵 하는 소리가 무거웠다.

모퉁이 커다란 바위 녀석이 도랑으로 곤두박질치는 것을 막아 주었다. 사람은 다치지 않았으니 범퍼 왼쪽이 푹 찌그러든 것쯤이야 가벼운 대가 아닌가. 상처 난 차는 다시 굴러갔다. 아내는 무슨 생각을 했느냐고 윽박지를 마음을 꾹 참는 눈치였다. 나도 무척 아리송했다. 어쩐 일로 판단 착오가 생겼을까. 혹시 악귀의 장난은 아니었을까.

장례식장은 문상객들로 북적였다. 이곳 풍습대로 부의함에 조의금 봉투를 넣고 영정사진을 보며 고인에게 재배하고 상주에게 절을 하고 물러선다. 상제 두 분이 악수로 고마움을 전한다. 침묵의 언어가 외려 많은 의미로 소통된다.

세파를 헤치며 삼남 삼녀를 키워낸 생이 어떠했을까만, 사진 속의 여인은 온후한 마음을 표정으로 전하고 있다. 영정사진 속에 들어서려면 누구나 마음을 비우는 걸까. 할 일 다 마쳤다는 생의 종지부가 두 눈 되어 사람들을 순하게 바라보는 듯하다. 망자의 시작과 끝을 되새기며 뭉클하게 남는 것이 산 자의 마음에 기록되고 간간이 그리움의 영상으로 환치될 것이다.

창밖으로 햇살 가득한 세상을 바라보듯 일상이 밝은 날로만 채워지지는 않는다. 때론 먹구름으로 어둑하고 짙은 안개로 시야를 가리며 알 수 없는 운명이 팔을 벌리기도 한다. 시종 투명한 시간이 아니어서 끝까지 걸을 수 있는 마력이 깔리는지도 모른다.

어제는 제주대병원으로 연이 닿은 세 분의 문병을 하러 갔었다.

한 분은 70대 중반을 바라보는 아주머니로 오른쪽 무릎 수술을 받았다. 몇 년 전 왼쪽 무릎 수술을 받을 때 함께 하라는 의사의 조언을 뿌리친 게 후회스럽다고 했다. 감귤 농사에 매달리며 건강을 소홀히 한 것이 화근이라며 이제부터라도 몸을 아끼겠노라 한다.

또 한 분은 80줄을 훌쩍 들어선 사돈 할머니로 뇌종양 수술을 받았다. 다행히 수술 경과가 좋아서 나를 알아본다. 죽도록 놔두지 않고 수술을 받게 해서 여러 사람에게 폐만 끼친다고 인사말을 덧붙인다. 죽고 싶다는 노인들의 말을 해석하기란 어려운 일이다. 직설일 수도, 역설일 수도 있는 게 아닌가. 다들 자식들의 짐이 되지 않도록 건강하게 살다 떠나고 싶어 하지만 그런 행운이 쉽게 찾아오지 않음에랴.

마지막 한 분은 고향 마을의 현직이나 퇴직한 교직원들로 이루어진 모임의 회원으로 70대 중반을 바라보는 남성이다. 20여 일 전 전립선암으로 서울의 큰 병원에서 수술을 받고 일전에 이곳 병원으로 옮겨 왔다. 손을 맞잡고 서로의 체온을 나눌 뿐 몇 마디 말도 나눌 수가 없었다. 초췌한 얼굴만큼이나 마음도 사그라지는 불빛처럼 느껴졌다. 찾아주어서 고맙다는 말에 온기가 돌기를 기원하며 입원실을 나왔다.

사노라면 누구나 한두 번은 '어찌 내게 이런 일이' 하고 되뇌게 되리라. 로또에 당첨되듯 뜻밖의 행운을 만나면 얼마나 좋을까만 낙타가 지나야 할 바늘귀일 테다. 반면 불행의 문은 활짝 열려 있으니, 신의 섭리와 삶의 비밀을 고뇌케 한다.

내게도 꽃다운 아내를 영영 떠나보낸 아픔이며 한쪽 시력을 잃는 사고의 상흔이 생의 옹이로 남아 있다. 어쩌면 이런 일이 어려움을 극복하는 자산인지도 모른다. 가끔은 어둠이 빛을 밝힌다는 역설을 체험하기 때문이다. 이제는 모난 조건들이 많이 다듬어져서 행복의 문턱에 다다르는 느낌이다. 그게 생의 목표라면 샅바를 잡고 한 판 붙고 싶기도 하다. 행복은 행복한 곳으로만 흐른다는 걸 이제 알아 간다.

세상의 아름다움을 글로 표현하고 싶은 욕망이 꿈틀한다. 덧없다는 생각을 지우고 권태를 몰아내는 열쇠라는 믿음에서다. 단순히 육안이라면 보이지 않을 신비와 아름다움이 글의 눈으로 바라보면 우주 공간 가득하다. 늦깎이가 맞는 행운이다.

남은 여정은 징검다리 건너듯 보내려 한다. 빨리 달릴 필요도 없고 그럴 수도 없는 필연의 다리를 조심스레 한 발 한 발 내딛다, 가끔은 뒤돌아보고 개울에 빠지기도 하면서 천천히 걸어가고 싶다. 누군가가 밟고 지난 돌덩이 하나 찾으려 두리번거리기도 하면서.

그새 날씨도 안개를 걷고 햇살을 담고 있다. 자연은 보석 같은 생이다.

표절

수필 쓰기는 시작과 마무리에 더욱 공을 들인다고 한다. 독자에 따라서는 처음과 마지막 부분만 읽고 지나기도 하고, 그러다 되돌아가 몸통 부분을 꼼꼼히 읽기도 할 것이다. 쏟아져 나오는 글들을 다 읽을 수는 없으니 고를 수밖에 없는 노릇이다.

나는 읽을거리가 많지 않을 적에도 내 취향에 맞지 않으면 책장을 넘기지 못한다. 제목이나 첫 단락, 분량 등을 보고 결정하게 된다. 첫인상으로 사람을 판별하는 식이니 좋은 독서 태도는 아닌 줄 알면서도 굳어 버린 습관이다. 내용이 너무 무겁지 않고 분량이 짧고 문장이 수려한 글에 끌리게 된다. 그런 수필이 내 읽기에 맞는 옷인 셈이다.

어느 문예지에 실린 수필 한 편을 읽고 나서 인터넷으로 '표절'의 의미를 찾아보았다. 표절이란 다른 사람의 창작물 일부나 전부를 자신의 것인 양 사용하는 행위라는 것쯤은 알고 있다. 학문이나 예술의 영역에서 출처를 충분히 밝히지 않고 남의 저작을 도용하는 행위이니 도덕적 · 윤리적 비난은 물론 법에 따른 심판을 받을 수도 있다는 정도는 상식의 범주일 것이다.

원전을 밝히고 그것을 풍자적 · 해학적으로 표현하는 패러디와 영화에서 존경의 표시로 다른 작품의 주요 장면이나 대사를 인용하는 '오마주'는 표절과 구분하여 용인된다는 것을 새로 알았다.

논문에서는 여섯 단어 이상 연쇄적으로 일치하는 경우, 생각의 단위가 되는 명제나 데이터가 같거나 본질적으로 유사한 경우, 다른 사람의 창작물을 자신의 것처럼 이용하는 경우 등이 표절에 해당된다고 한다.

방금 읽은 수필의 마지막 문장 끝자락 '암연히 수수롭다'라는 두 단어가 표절을 되짚게 했다. 물론 표절이 아니며 작가의 순순한 창작일 것이다. 그런데도 정비석의 〈산정무한〉 결미와 겹치니 빛이 바랜 느낌은 지울 수가 없다. '암연히 수수롭다'는 이미 정비석의 상표인 셈이다. 그렇기에 작가는 빛나는 한 구절을 창작하기 위해 고뇌의 등불을 켜고 밤샘하는 것이리라.

지난해에는 내게도 작은 일화 한 토막이 있었다. 신문에 발표한 글의 한 단락을 통째로 지역 수필가의 글에서 맞닥뜨린 것이다. 순간 불쾌한 감정이 일렁거렸다. 친한 문우에게 구시렁거렸더니 글이 좋아 그런 줄 알라는 메아리가 돌아왔다. 한발 물러서 서 생각하니 내 글이 표절당하는 건 영광이었다. 그런 글만 쓸 수 있으면 얼마나 좋으랴 싶었다.

나는 뜻이 깊고 아름다운 문장이나 단락을 만나면 공책에 기록한다. 꼭꼭 씹어서 내 글의 양식으로 삼으려는 셈법이다. 공책은 두세 권으로 부피를 늘리는데 다시 읽는 경우는 드물다. 그렇더라도 공책이 10여 권으로 늘어간다면 내 글도 알게 모르게 부드러워지고 성숙해지기를 고대해 보는 것이다.

다른 사람의 창작물을 본떠서 나름대로 재창조한 모방은 표절이 아니라고 한다. 내 글의 마디들은 이미 누군가 사용했던 것이고, 나는 그걸 배워서 내 것으로 소화했을 뿐이다. 사실, 문화는 모방과 표절을 통해 진화하고 발전하는 것일지도 모른다.

가끔 서예나 회화에서 진품과 위작에 대한 논란이 일기도 한다. 너무 닮아서 구별이 어렵거나 모조품이 진품보다 더 좋은 작품으로 보이기도 한다. 천경자 화백의 〈미인도〉는 위작 여부를 놓고 한동안 여론이 분분했었지 않은가.

표절이란 한자어가 흥미롭다. 빠를 표剽, 훔칠 절竊이니 빨리 훔치면 남이 눈치채지 못할까 해서 일어나는 행위일까. 사람이 모르는 세상사도 하늘은 알겠거늘.

나는 자연의 작품을 모방하려 골몰한다. 수많은 생명체의 의미를 깨닫고 풍경을 훔치고 숨겨진 비밀을 캐려 애쓴다. 밤하늘의 쏟아지는 별빛으로 샤워하고, 조그만 풀꽃으로 들어가 가녀린 그 숨소리에 기대고, 바람의 천으로 몸을 빙빙 감기도 한다. 파도 위에서 날갯짓하는 외톨이 갈매기의 절규에 귀를 세우고, 하얀 설원에다 눈부신 상상을 부려 놓기도 한다.

사막의 모래바람과 맞서며 고독한 영혼을 단련할 수 있다면, 사라진 소리들을 모아 침묵을 연주할 수 있다면, 굳은 화석 속에 응고

된 시간을 꺼낼 수만 있다면, 어질러진 삶의 발자국을 자연처럼 질서정연하게 펼칠 수 있다면.

매화꽃의 저 눈 시린 웃음을 표절하지 못해, 오늘 밤은 뒤척일 것만 같다.

심리전

한 문학회 일로 아침에 차를 운전하다 사고를 내고 말았다. 우지직 쿵 하는 소리가 났다. 소형차여서 단번에 유턴할 수 있으리란 생각이 빗나가 연석에 부딪친 것이다. 길 가는 행인 몇이 뒤돌아보았다. 창피한 생각이 맨 먼저 달려왔다.

브레이크를 밟았던 발을 가속기 위로 올려놓았다. 다행히 차는 별 이상 없이 움직였다. 범죄 현장을 빠져나가듯 목적지로 향했다. 얼마나 손상되었는지 궁금했지만, 길가에 정차하고 확인할 엄두가 나지 않았다. 매는 먼저 맞으라고 하지만 아예 맞고 싶지 않은 심정이었다.

은행 옆 주차장에 차를 세우고 하차하여 자동차의 얼굴을 보러 갔다. 생각보다 상처가 크다고 해야 하나 작다고 해야 하나 마음은 갈팡질팡했다. 움푹 들어가진 않았지만 묘하게도 달걀 하나 크기로 범퍼에 구멍이 나고 주변에 긁힌 자국이 몇 군데 나 있었다. 정비소에 가 볼까 하다 그만두었다. 아물지 않는 상처가 운전대의 좌우명으로 조심하라는 경고음이 될지 모를 일이었다.

천둥처럼 다가올 아내의 타박이 걱정이었다. 다른 행동엔 신경 쓸 게 없는데 운전 습관 때문에 트라우마가 생겼다고, 아내는 입버릇처럼 말한다. 집에 돌아와 이실직고할까 하다가 입을 다물었다. 혹시 묘수가 떠오를지 모른다는 생각에서였다. 낮에 잠시 차를 몰고 나갔던 아내가 돌아와서도 아무 말이 없었다. 아직 자동차의 상태를 못 보았을 것이다. 영원히 그랬으면 얼마나 좋을까만 저녁엔 손상된 자동차의 모습을 눈에 들이고 들어왔지 않은가.

소나기처럼 퍼붓는 아내의 타박을 피할 길이 없었다. 묵묵부답이 유일한 피난처였지만 마음이 많이 젖었다. 당장 키를 압수할 테니 버스나 택시를 타고 다니라는 엄명이다.

다시 하루해가 밝았지만, 한랭전선은 물러가지 않았다. 우울해졌다. 무작정 낯선 곳으로 탈출하고 싶었다. 바싹 마른 목소리로 바람 쐬고 오겠다는 말을 남기고 현관문을 나섰다.

서귀포에 사는 K에게 전화했다. 마침 쉬는 날이니 어서 오라는 그녀의 말이 젖은 마음을 말리기 시작했다. 함께 수필 강의를 들으면서 피상적으로 아는 사이지만 나이가 들었는데도 훤칠한 키에 예쁜 얼굴의 여인이다. 신문에 실린 글을 읽고 서로 격려의 문자를 나눈 것이 친근함을 키웠을 것이다. 누님 같은 분이란 말을 기억할지도 모른다. 서귀포에 오면 맛있는 음식과 차를 대접하겠노라고 여러 번 말했었다. 아내와 함께 와도 좋다고도 했다. 이 말뜻은 새겨보지 않았다. 훈풍이 부는 상황이어도 혼자 갔을 것이다. 남자라는 게 이유가 될 수 없다면 이유가 없을 뿐이다.

버스에서 내리니 그녀는 차를 주차한 채 나를 기다리고 있었다. 고맙다거나 반갑다는 말 너머를 두리번거렸지만 적절한 말이 떠오르지 않았다. 웃음 띤 밝은 표정이 말이 되었다. 두 문학회에서 만든 수필집 두 권을 건네고 조수석에 앉았다.

자동차는 서귀포예술의전당으로 향했다. 마침 〈단원 김홍도 콘텐츠展〉이 며칠 전에 시작되었다고 한다. 학생 시절 교과서에서 보았던 씨름 장면이 어렴풋이 떠오른다.

전시실에 들어서니 30여 점 영인본이 관람객과 눈길을 나누고 있었다. 어느새 조선 후기 서민들의 숨결을 들으며 그 시대의 생활상 속으로 빠져들었다. 사람들의 의상과 생계 수단, 놀이와 교통 등도 어림할 수 있었다.

씨름 장면을 응시했다. 둘이서 힘을 겨루며 헐떡이고 구경꾼들은 숨을 죽인 채 결과를 기다리는 듯하다. 엿판을 진 사나이만 씨름 경기를 등진 채 구경꾼을 바라보는 장면이 인상적이다. 어느 시대나 생계에 모든 시간을 쏟아부어야 하는 사람이 있게 마련이다.

역시 단원은 풍속도의 대가다. 예술은 시간을 정지시키고 영원히 숨 쉴 수 있음을 여실히 보여준다. 예술, 나는 속으로 예술이란 단어를 수없이 뇌까렸다.

점심을 먹으러 맛집으로 향했다. 우럭조림이 일품이란다. 미리 약속했다며 문우 한 명도 합석했다. 셋이서 수필을 가운데 두고 사방팔방으로 화제를 넓히니 음식 맛도 함께 깊어졌다. 탱글탱글한 생선 살과 부드러운 무의 어울림이 달짝지근한 조림의 맛을 돋우었다. 분위기까지 무르익어 기억 공간에 시간의 풍경이 깊이 조각되었다.

자리를 옮겨 카페에서 차를 마셨다. 커피 향이 은은하게 마음을 다스렸다. 요즘 지내는 소소한 이야기를 나누다 한 문우가 먼저 일터로 간다며 자리를 떴다. K는 서귀포의 풍취에 나를 빠뜨릴 작정이었는지 나를 허니문하우스로 데려갔다.

언제 봐도 바닷가 풍경이 넋을 빼앗는 곳이다. 파초일엽의 자생지 섶섬이 바로 눈앞에서 물결을 일렁이면 대나무와 여러 수목이 들어선 뭍이 팔을 뻗어 어루만진다. 어우러짐의 본향 같은 곳, 그래서 마음을 밀고 당기는 연인이라면 꼭 들러보라고 권할 만한 장소이다. 왠지 마음은 자꾸 과거로 달려갔고 젊어지고 싶었다.

문우의 따뜻한 마음을 뒤로하고 집으로 돌아왔다. 아내가 어디 갔었느냐 물었다. 나는 숨겨 놓은 연인을 만났던 것처럼 과장하며 자초지종을 설명했다. 아내의 어감이 부드러웠다. 시샘하는 마음도 읽혔다. 길게 타박하지 말라는 말을 하지 않아도 되었다.

잔소리가 심하면 밖으로 나간다는 일종의 경고, 심리전에서 내가 승리한 셈이다. 아니 일부러 져 주는 아내가 이긴 것이리라. 그래서 우린 부부이다.

11월의 끝자락

세월이 수놓은 아름다운 계절, 가을이 사위고 있다. 홍시 몇 개 남았던 것마저 따 버리자 마당의 감나무는 서둘러 잎사귀를 떨구며 겨울 채비에 분주하다.

새들의 먹이로 놔둔 이웃집 단감나무는 아직도 허공에 풍경을 주렁주렁 걸어 놓았다. 참새 동박새 직박구리가 끝물에 향연을 즐긴다. 새들은 과식하지 않고 낭비가 없다. 내일을 헤아림인지 쪼아대던 감 두셋이 바닥날 때까지 파먹는다. 화살나무가 가까이서 검붉게 잎을 채색하며 새들의 생태에 추임새를 넣는다.

찬바람이 분다. 잠들었던 쓸쓸함이 깨어난다. 계절이 인생을 닮은 건지 인생이 계절을 닮은 건지 연민의 눈길을 나눈다. 싹싹한 발걸음으로 겨울이 산등성이를 내려오면 왠지 사람이 그리워진다. 곁에 가족이 있어도 시원의 사람을 그려 보는 것일까.

11월에 들면 나는 '11'이란 기호를 보며 두 사람을 연상하곤 한다. 마주한 두 사람이 환한 얼굴로 서로를 바라보는 모습이 참으로 아름답다. 연인이어도 좋고 부부나 가족 또는 지인이어도 상관없다. 마주하면 가슴이 따뜻해지는 사람, 말없이도 말이 되는 사람을 만난다면 세상에 태어난 축복이 아닐까.

두 사람이 동행하는 모습도 희망적이다. 함께한다는 건 태생적이며 숙명이다. 부모 없는 사람이 어디 있으랴. 갈 길을 찾아 헤맬지라도 둘이면 서로에게 힘이 되고 용기가 된다. 각박한 세상을 살아내는 힘의 원천이다.

뜻대로 안 되는 게 인생살이이듯이, 둘이 등을 돌리기도 한다. 틈이 벌어질수록 세파는 거세고 미움과 증오가 난무한다. 마음의 겨울은 춥고 깊어질 것이다. 가는 발길 따라 서로에게 다가가는 너그러움이 넘쳤으면 좋겠다.

일전에 버스를 타고 시내로 향할 때였다. 앞 좌석에 80대쯤의 할머니 셋이 자리하더니 이야기가 이어졌다. 청력이 약해진 탓인지 대화 소리가 꽤 크다.

노인들 화제의 첫머리는 박아놓고 건강일 테다. 할머니들도 여기저기 아파 어느 병원에 나다닌다는 얘기를 풀어 놓는다. 이어 잠시 바깥나들이라도 하지 않으면 답답하여 밤잠이 힘이 든단다. 늙은이 둘이서만 집에 있어 봐야 재미가 없다느니, 온갖 정성을 쏟아왔는데도 우리 집 양반은 고맙다는 말 한마디 없다고 푸념도 섞인다.

요즘도 밀감 농사를 하느냐는 말에 몇 년 전에 아들딸에게 나눠주고 나니, 이렇게 편한 걸 오래도록 매달렸던 게 후회스럽다고도 한다. 둘이 먹으면 얼마나 먹느냐며 자식들에게 보태주려고 쉬지 않고 일했는데, 자식들은 자기 새끼밖에 모른다며 서운함을 실토하기도 한다.

할머니들 이야기 속엔 일생의 체취가 담뿍 스며있다. 이 고장 노인들의 고만고만한 삶이 아닐까. 야속하게 세월만 가버리고.

늙음은 노을의 길, 그 과정이다. 이곳저곳 탈이 나서야 질곡의 나날을 그리움으로 회상하게 될 것이다. 글쎄, 지금 함께하는 일, 할 수 있는 일이 내겐 별로 없다. 그저 미소로 세상 한구석이 밝아지기를 바라는 무리 속으로 합류하고 싶을 뿐. 견딜 만한 추위로 겨울이 다녀가기를 소망할 뿐. 내 편 네 편이 아니라 시비를 놓고 토론하고 비판하는 사회가 되기를 기원할 뿐.

어느 시인의 시구를 떠올린다. '첫눈 오는 날 만나기로 한 사람을 만나러 가자.' 11월 끝자락에라도 만날 사람이거나 만나러 가는 사람이었으면 참 좋겠다.

5부

가을걷이

이 가을, 내 뜰은 야윈 가슴이다. 비가 내릴 때마다 주렁주렁 달렸던 대봉감은 틈틈이 한둘씩 낙과하더니 이제는 하나도 남지 않았다. 아기 주먹만큼 키워 놓고 이별하는 어미 나무의 심정이 어떠할까. 혹시 방관만 해 온 주인을 원망하지는 않을까.

제자들과 추억의 잔을

뜻밖에 고등학교 제자가 전화를 걸어 왔다. 졸업 20주년 행사를 미리 알리며 꼭 참석해달라는 내용이었다. 기꺼이 참석하겠노라고 반가운 목소리를 전했다. 일순에 20년의 세월을 거슬러 열정을 불태웠던 날들이 스쳤다.

예정된 시간에 맞춰 호텔 연회장에 도착하니 입구에서 제자 몇이 명찰과 꽃을 가슴에 달아주며 정중히 맞는다. 안으로 들어서자 많은 제자가 큰 박수로 환호한다. 모교 교장과 동문회 임원들도 자리해 있었다. 함께 밤늦도록 야간자율학습을 지도하며 고생했던 동료교사들 9명 중 4명은 사정상 참석하지 못했다. 의미 있는 해후를 기대했는데 못내 아쉬웠다.

행사가 진행되다 기념품 증정 순서에 이르렀다. 연단으로 모신 은사님께 푸짐한 선물을 건넸다. 기념패와 꽃바구니 그리고 상품권이 든 봉투까지 받아들려니 뿌듯함과 미안함이 뒤엉켰다. 부모와 같은 선상에서 가르쳐 주신 은혜를 담고 있는 기념패의 내용이 교직에 몸담은 보람을 느끼게 한다.

제자들은 고교 동문 30년 후배이기도 하다. 어이 이리 세월이 빠른가. 그 자리에선 내가 최고 선배이며 연장자가 되다니 인생무상이 괜한 말 아님을 절감한다. 이제 불혹에 닿았거나 코앞인 장년들, 먹고 사는 일이 힘들고 중하다는 걸 체득하고 있을 테다. 그래도 듬직한 체구로 지구라도 들어 올릴 젊음이 있어 인생 여정을 힘차게 헤쳐가리라 여겨진다.

사회자는 3학년 부장을 맡았던 나를 연단으로 모시고 한 말씀을 부탁한다. 가난한 왕, 최저임금과 함께할지라도 인생 좌표를 갖고 재미있게 때론 의미를 만들며 살아가도록 목소리를 높였다. 100세 시대에 끝까지 할 취미 거리, 이를테면 서예나 그림 또는 글쓰기 등을 틈틈이 준비하도록 조언했다. 끝으로 개척 단결 승리라는 제일 정신을 갖고 언제 어디서나 당당한 사람으로 커가도록 당부했다.

기분이 좋은 탓에 평소보다 많은 소주잔을 주고받았다. 정신력으로 취기를 다스리며 시간을 보내다 저들끼리 젊음을 발산하도록 자리를 뜨려고 하자, 자리를 옮겨 2차를 할 거라며 함께 행사를 마무리했다. 변함없는 응원가와 교가를 제창하노라니 50여 년 전 학창 시절이 또렷이 다가왔다. '차돌같이 단결했다 육탄의 왕자~.' 다른 학교와 시합으로 격돌할 때면 '차돌가'를 목청껏 부르지 않았던가.

옷깃이 스치는 걸 깨닫고 관심을 가지면 인연이 되고, 공들여 가꾸면 필연의 꽃으로 피어난다는데 앞으로 몇 송이나 피워낼 수 있을까. 제자들이 앞날에 수많은 꽃을 피워내며 살아가길 염원한다.

어스름 별빛이 손에 든 꽃바구니를 보며 찡긋한다.

잠이라도 잘 자면

"당신은 등을 붙였다 하면 잠이 드니, 그거 하나 복이에요."

아내의 말은 직선인 줄 알면서도 나는 곡선으로 해석한다. 종종 불면증세로 온밤을 지새우는 아내는 나의 숙면을 부러워한다. 산더미 같은 근심 걱정을 곁에 두고도, 나무토막처럼 잠들 수 있는 나는, 아내에게 늘 미안하다.

일전에는 느닷없이 내게 불면이 찾아왔다. 그 까닭을 어림할 수가 없었다. 잠의 문은 굳게 닫혀버려 아무리 두드려도 반응이 없었다. 말똥말똥한 정신을 어르고 달래어 겨우 두 시간 정도 선잠을 잤다. 그래도 졸리지 않으니 덜컥 겁이 났다. 통증을 못 느끼면 생존할 수 없다는 말이 떠올랐다. 그 많던 잠이 왜 나를 버렸을까. 하릴없이 3일째 되는 날엔 병원을 찾아 수면제를 처방받았다. 며칠 약을 먹고 나니 다행히 평소의 수면 상태를 되찾을 수 있었다. 잠 속에 행복이 깃들었음을 실감했다.

몇 년 전부터 아내와 나는 각방을 쓰고 있다. 나의 코골이를 감당할 수 없는 아내의 뒤척임과 그것도 모르고 쿨쿨거리는 나의 시간은 얼마나 상반된 것이었던가. 반창고로 입을 봉하고도 효력을 못 본 아내의 심정을 물어보진 않았다. 이불 속의 온기가 반감되고 침실과 침대가 허전하다는 사실은 서서히 메말라 가는 생의 풍경일 뿐.

오늘은 새벽 세 시쯤에 눈을 떴다. 마당으로 나서니 정월 보름달이 눈부시게 부풀어 있다. 사방이 하얀 눈으로 덮여 있고, 하늘도 대부분 희뿌연 배경색이다. 하늘과 땅의 절묘한 어울림이라니.

온천지가 같은 색이라면 나는 숨이 막힐 것이다. 다행히도 하늘은 군데군데 청잣빛으로 숨 쉬며 몇 개의 별빛을 보여 주고 있다. 온갖 소리도 깊이 잠들었다. 성스러운 이 시공에 나의 존재를 오래 드러내기가 죄스러워 조용히 현관문 안으로 들어선다.

슬그머니 문을 열고 잠자는 아내의 얼굴을 보고 싶지만 내 방으로 걸음을 옮긴다. 새날을 위해 겨우 잠든 시간을 방해할 수는 없지 않은가.

알뜰살뜰 살림을 꾸려 온 아내의 헌신으로, 삶이 충만해지는 우리 가정을 생각하니, 이 밤은 설친대도 꿀 같은 감사에 빠지고 싶다.

창으로 달빛이 나를 보며 살포시 웃고 있다.

호박이 열렸네

어느 날 우연히 호박 덩이 하나를 발견했다. 이제 낙과하지 않을 만큼 자라 커다란 잎사귀들 속에 숨어 있었다. 보석을 만난 느낌이었다.

얽힌 사연이 있다. 지난겨울 아내가 시골에서 둥글넓적한 맷돌호박 하나를 얻어 오더니, 부엌 한쪽에 당당히 들어앉았다. 일정한 간격으로 골이 팬 황금빛 자태가 어릴 적 초가지붕 위에 탐스럽던 시간을 재현시켰다. 마당 구석에서 오전 동안 노란 등을 켜고 벌을 초대하던 모습도 되살아났다.

이미 식재료가 아니었다. 탱글탱글한 몸매가 아름다웠다. 누구도 갈치호박국이란 말을 꺼내지 않았다. 눈 맞춤으로 이야기를 주고받으며 봄을 맞았다. 이럴 수가! 호박은 사그랑주머니로 변해 있었다. 몸속에 들어 있는 씨앗을 흙 속에 묻고 싶은 호박의 절박한 심정을 헤아리지 못했다.

텃밭에 구덩이를 파고 음식물 찌꺼기나 과일 껍질 또는 채소 부스러기를 버리고 있다. 박토여서 땅심을 키우려는 의도다. 당연히 썩은 호박은 그 구덩이 속으로 버려졌다. 잊은 채 얼마를 지나노라니 모도록이 싹이 올라왔다. 5월 중순이었다. 튼실한 놈 세 개를 골라 텃밭의 알맞은 곳에 부엽토를 깔고 나눠 심었다. 애정의 눈길을 보내니 덩굴이 길게 자란다. 여기저기 꽃을 피워 올린다. 벌들이 들락거린다. 이제나저제나 고대해도 열매는 보이지 않는다.

연전의 일이 떠오른다. 호박 줄기는 무성히 자라고 암수의 꽃은 많이 피어도 결실로 가지 못했다. 탯줄에서 자두만 한 녀석들이 툭툭 떨어져 버렸다. 무슨 병인가 알아보려고 인터넷을 검색하다 새로운 사실을 알게 되었다. 종묘상들이 이익을 보려고 당대만 결실하도록 유전자를 조작한다는 것이다. 각종 터미네이터 씨앗을 판매한다니, 아무리 생각해도 이건 아닌 것 같다. 생명을 박탈할 도덕적 권한이 누구엔들 있을까.

7월 초에 두 주먹 크기로 모습을 드러낸 호박은 불임씨앗이 아님을 알려 주었다. 생명이 자라고 있는 것이다. 어느 아침엔 암꽃이 네 개나 피었다. 수술은 하나인데 암술이 네댓 개가 뭉쳐 있다. 수술을 꺾어 암술에 비벼 주었다. 확실히 가루받이한 결과인지 열매가 자라기 시작했다. 무더위가 기승을 부린 8월엔 하루 세 번씩 둥근 수지 다라이에 물을 받고 흥얼거리며 뿌리에 주었다.

식재료라면 시장에서 사 먹는 것이 훨씬 낫다. 물값과 손품 들인 걸 셈하면 비교가 안 된다. 더군다나 팔 물건도 아니다. 내가 왜 이럴까. 단순하다. 자연을 통해 생명의 신비함을 깨닫고 존중하기 위함이다.

요즘 낮은 출산율에 대해 걱정하는 소리가 크다. 적지 않은 예산을 투입하고 정책을 펼쳐도 현저히 달라질 것 같지 않다. 일자리와 주거 문제가 해결되지 않아 먹고 살기 힘든데, 교육비는 어쩌라고, 결혼은 선택 사항인데…. 걸림돌이 어디 한둘인가. 그래도 생각해 봐야 한다, 잘 안 보일 땐 극단으로. 인간이 인간이란 생명체보다 앞세울 게 무엇일까. 사람이 없는 지구별은 이미 지구별이 아니다. 어느 시인처럼 이름을 불러 줄 수 없기 때문이다.

맨 먼저 달린 호박은 위쪽으로 노란색이 물들기 시작했다. 태풍 솔릭으로 잎이 많이 찢겼지만, 가을의 기운을 받으며 익어 갈 것이다.

나는 힘닿는 한 매년 이 호박씨를 심으며 생명을 이어 주려 한다. 아이들에게도 씨앗을 전해 주고 싶다.

생명, 표절할 수 없는 그 신비여!

식사 동아리

여러 매체에서 먹거리에 관한 프로가 넘치고 있다. 전국 곳곳의 맛집을 소개하기도 하고 다양한 요리법을 알리기도 한다. 건강에 좋은 식품을 전하기도 하고 음식문화와 전통적 정체성을 일깨우기도 한다. 가히 먹방시대라 할 만하다.

나는 이런 프로엔 별 관심이 없다. 어릴 적부터 음식은 생존의 수단으로 생각해 온 탓이라 여긴다. 그런데도 순전히 먹기 위해 만나는 작은 모임이 있다. 어떻게 시작됐는지는 분명치 않으나 같은 학교에서 재직했던 선생님 넷이 만나는 모임이다. 모두 몇 년 전 정년퇴임이나 명예퇴직을 한 후 서로 보고 싶은 마음에서 어느 분의 제안에 따라 계속 이어 가고 있다.

분기별로 돌아가며 적당한 식당을 골라 식사를 즐기며 담소한다. 건강이나 일상적인 이야기에서부터 사회의 이슈들에 대해서도 자연스레 이야기를 나누다 보면 보통 두 시간 가까이 흘러간다. 일반적으로 직장장을 안주 삼아 술을 마시기 일쑤지만 나와 함께하기를 마다하지 않으니 재직할 때 모나게 굴지 않은 덕분인가도 한다.

올해는 코로나 감염병으로 연초에 만난 이후 모임을 미뤄 오다 며칠 전에 만났다. 함께 근무했던 두 분 선생님을 보태 동아리는 여섯이 되었다. 옛 정분을 되살리며 장어구이를 즐기고 살아가는 이야기도 나눴다. 분위기가 구수했다. 두 달마다 만나자는 의견도 모았다. 체질상 나는 술을 잘하지 못하지만 다들 술을 즐겼는데 건강상의 이유로 두 분은 맥주 한 잔으로 시간을 넘겼다.

요즘은 코로나19로 인해 언택트 사회가 탄생하고 있다. 이 감염병이 있기 전에도 너나없이 스마트폰에 코를 박기 일쑤인 사회가 되어 버렸다. 코흘리개부터 스마트폰에서 게임을 즐기는 세상으로 바뀌었다. 이 어린 세대들이 어떤 세상을 만들고 살아갈지 기대가 되면서도 한편으론 염려되기도 한다.

사람 사는 일은 얼굴을 맞댔을 때 정이 넘친다. 따스한 인간관계가 없다면 아무리 물질이 풍요로워도 행복할 수 있을까 의구심이 인다.

우리 작은 식사 모임의 바탕은 무얼까. 성품이 부드러워 서로 부담감 없이 만날 수 있음이 아닐까. 서로에 대한 작은 배려가 더욱 익어 갈 것이다. 농익는 과일주처럼.

가을걷이

가을은 땀방울을 빛나는 보석으로 바꾸는 계절이다.

아침에 동네 길을 산책하노라면 감귤밭으로 시선이 쏠린다. 몽실몽실 매달린 청과들이 온종일 볕바라기에 열중하며 단맛을 키우는 노고를 떠올리게 한다. 극조생 귤은 이미 절반 이상 노란색으로 물들었다. 한 달도 지나기 전에 제주의 감귤원은 황금색 물감을 풀어놓아 '귤림추색'의 진풍경을 이룰 것이다.

콩밭으로도 눈길이 머문다. 계절을 감지한 듯 드문드문 누렇게 탈색한 잎들이 눈에 띈다. 작은 키에 올망졸망 꼬투리를 매단 모습이 옛날 부모님 세대 같다. 자녀를 낳아 키우는 것, 그게 삶의 전부인 양 생명의 디딤돌을 이어 갔지 않은가. 그 시절 사람들은 가난했지만, 순수하고 정이 흘렀다. 자연 속에서 나뒹굴며 밴 마음의 무늬였을 테다.

세월이 흐르면서 엇비슷했던 삶의 환경은 많이 바뀌었다. 문명의 이기로 황제의 삶이라 할 만큼 풍요로운 시대가 되었지만, 양극화의 골은 깊어만 간다. 배불러 사망하는 사람과 허기로 죽는 사람이 공존하는 아이러니를 어떻게 풀어야 할까. 황금이 사람을 만들고 사람 구실을 하게 하는 시절이니 쉬 해결될 문제가 아닌 성싶다. 탐욕을 제어할 브레이크는 없을까.

이 가을, 내 뜰은 야윈 가슴이다. 비가 내릴 때마다 주렁주렁 달렸던 대봉감은 틈틈이 한둘씩 낙과하더니 이제는 하나도 남지 않았다. 아기 주먹만큼 키워 놓고 이별하는 어미 나무의 심정이 어떠할까. 혹시 방관만 해 온 주인을 원망하지는 않을까.

무슨 일에나 전문가가 필요하다. 농작물이라고 예외일 순 없다. 손바닥만 한 텃밭에 푸성귀 몇을 심어 놓고도 친환경으로 키우긴 어렵다. 온갖 벌레나 균들이 세상살이에 적응하며 세를 늘린다. 그들에게 들깻잎을 한순간에 망치기란 식은 죽 먹기다. 심술을 부리듯 배춧잎에 숭숭 구멍을 뚫기도 한다. 그래도 내게는 일종의 소일거리나 다름없으니 이놈들의 행패를 허허롭게 웃어넘길 여유가 있다.

어제는 몇 년 동안 키워 오던 대추나무를 기어이 베어내고 말았다. 새들이 쪼아대는 바람에 상처 없는 열매를 찾기 어려울뿐더러, 농약을 치지 않고는 따먹을 게 거의 없음을 여러 번 경험해서다. 그 자리에 무화과나무를 심을 요량이다. 올봄에 문우에게서 꺾꽂이로 뿌리내린 묘목 한 그루 얻어 심었더니 썩 호감이 갔다. 잘 자라며 질병에도 강하고 열매도 많이 달렸다. 게다가 맛도 좋았다. 자연에 그대로 놔둬도 자릿세를 톡톡히 내겠다는데 마다하겠는가.

내 생의 계절은 어디쯤일까. 100세 시대라지만 여기저기 몸이 탈

나는 것을 보면 겨울의 문턱을 성큼 들어선 건 아닐까 섬뜩하기도 하다. 돌아보니 땀 흘려 해 놓은 게 없지 않은가. 한 줌 가을걷이도 없이 지나는 생이란 얼마나 허망하고 쓸쓸한가.

가끔 생의 끝자락을 생각하며, 어떤 말을 남길까 헤아려 보곤 한다. 빈손으로 떠나는 허망함을 말하진 않으리라. 생로병사의 고통을 말하지도 않으리라. 왜 세상에 태어나서 힘들게 사느냐고 원망했던 시간을 반성하고, 하느님을 마음대로 재단하려던 잘못을 빌리라. 하늘을 보고 꽃을 보고 사람을 만나고 이야기하던 일이 얼마나 아름답고 행복했던가를 고백하리라.

올해 초에는 어머님을 떠나보냈다. 긴 세월 동안 어이해서 따듯하게 이야기를 나누고 맛있게 식사하고 손잡고 나들이를 하지 못했을까. 그게 왜 그리 어려웠을까. 어머니가 생각날 때면 한 번만이라는 단어가 빗물처럼 가슴으로 내려 흥건해진다.

내일 택배를 배달하겠다는 문자가 왔다. 하루만 지나면 첫 수필집이 내 품에 안기게 되나 보다. 예제에 어색한 표현이 한둘일까만, 그래도 늦둥이처럼 품에 안으련다. 한 권 들고 먼저 부모님 산소를 찾아봬야겠다. 까막눈으로 세상을 사느라 서러웠는데 내 아들이 책을 내다니 기쁘다며 환히 웃으실 것만 같다.

내 영혼의 촛불을 켠 채 생명의 의미를 짚어보고 삶의 고통을 나누고 싶었던 마음이, 어느 독자에게 전해져 작은 위안이라도 된다면 얼마나 좋을까. 지나친 바람일 테다. 그저 삶의 넋두리가 내 슬픈 시간을 위로하는 것으로도 족하다.

가을걷이의 계절, 철없이 내 마음의 빈 뜰에 다시 글의 씨앗을 심는다. 자연의 노작은 늘 아름답다.

생존을 위하여

생명체의 재능은 얼마나 타고나고 만들어지는지 종종 저울질한다.

화분에 물을 주려고 뜰로 나서다 이내 멈춰 선다. 공중에 수직으로 올려놓은 건축물 앞에 시선이 박힌다. 촘촘한 그물망의 중심에서 건축의 대가가 아침을 맞고 있는 게 아닌가.

이건 요즘 자주 보는 정원수나 분재에 지어진 소소한 거미집이 아니다. 엄청난 대공사가 밤새 완성되었다니 놀랍다. 몸체가 크지도 않으면서 어떻게 저런 발상을 했을까. 7미터쯤 되는 대들보를 지붕과 굴거리나무 가지 사이에 걸쳐 놓고 중심 기둥을 야외용 테이블 의자에 박아 놓다니. 오직 그 공간을 배산임수의 택지로 여긴 것일까, 뼈대에 비하면 조그만 방이 은유로 빛나고 있다.

어릴 적 시골집 주변에는 소나무와 잡목들이 무성했는데, 여름철로 접어들 때면 여기저기 크고 작은 거미줄이 걸려 있었고, 그 주인공은 많은 궁금증을 낳았다. 어떤 기술로 나뭇가지 사이를 줄로 연결하는 것일까. 무슨 잣대를 사용하기에 중심에서 일정한 각도로 서까래치고 빙빙 원을 그리며 지붕을 이는 것일까, 어떻게 자아서

가느다란 실이 체중을 받쳐 내는 것일까. 무슨 힘으로 이슬방울들을 대롱대롱 매달아 놓는 것일까. 다리 끝에 어떤 흡착력이 있어서 천정도 거꾸로 기어 다닐 수 있는 걸까. 알 수 없는 의문이 꼬리를 물었다.

또래 중에 유독 덩치 큰 놈이 있었는데 왕거미라 불렀다. 그놈이 만든 거미집은 크고 튼실해서 온갖 날벌레들의 죽음의 장소였다. 큰 매미도 한번 걸리면 아무리 발버둥 쳐도 소용없었다. 포식자는 순식간에 넓적하게 실을 뽑으며 먹잇감을 칭칭 감아 버렸다. 시험 삼아 풍뎅이나 여치를 거미줄에 던져 보곤 했는데, 먹이의 제물로 변하는 건 순식간이었다.

동생들과 정신없이 뛰놀다 보면 얼굴과 머리에 거미줄을 뒤집어쓰기 일쑤였다. 거미가 무섭지 않아 갖고 놀기도 했다. 서로 싸움을 붙이면 몸체의 크기가 위력을 발휘했다. 작은놈을 큰 거미줄에 올려놓으면 겁에 질려 도망치려는 순간 큰놈한테 손발을 꽁꽁 포박당했다. 큰놈을 작은 거미줄에 올려놓으면 주객이 전도되어, 작은 거미는 매서운 눈싸움도 하지 못하고 자신의 피신처로 도망을 쳤다. 흥미로운 건 덩치가 비슷한 놈들끼리 서로 째려볼 때였다. 집주인은 여덟 발로 그물을 흔들며 주거침입을 경고하면 슬금슬금 물러서는 놈도 있지만 서로 엉켜 싸우기도 했다. 팔 할은 주인이 승리했으니, 영토를 지키려는 정신이 힘을 발휘했을 것이다.

거미는 인간을 능가하는 여러 재능을 지니고 있다. 그 재능은 학습으로 얻어진 것이라기보다는 생득적인 것이 아닐까 생각한다. 어느 생명체나 존재하도록 만든 자연의 섭리가 실제보다 도두보인다.

인간은 태어나면서부터 자립하는 대부분 하등동물과는 대조적이다. 고등동물의 최정상에 위치하면서도 태어나서 상당 기간 보살핌을 받고 학습하며 사회생활을 익혀야 한다. 스스로 또는 남의 도움을 받으며 재능을 계발할 때 정체성을 확립하며 행복하고 가치 있게 살아갈 수 있을 테다. 이에 이르면 인간의 재능은 선천적이라기보다 후천적이라는 점에 무게가 실린다.

요즘에는 앞선 자의 글을 읽으며 무릎 치는 경우가 많아지고 있다. 일전에는 다양성은 생존의 조건이라는 주제의 글을 읽으며 여러 차례 고개를 끄덕였다. 일정한 생명 집단을 이루는 개체들이 모두 동일하다면 환경 변화나 다른 집단의 공격에 획일적 반응을 보이게 되어 치명적 상황에 이른다는 것이다. 그러므로 가장 큰 다양성을 가진 집단이 가장 안정적이고 발전적으로 생존하게 된다고 한다.

7월 초입인데 뜰에는 소국들이 노랗고 빨간 꽃들을 피워 올리고 있다. 가을을 저버린 거냐며 힐난하려다 멈춘다. '다양성은 자연을 존재하게 하는 원리이다.'라는 다윈의 말이 여기서도 숨 쉬고 있음에랴.

거미줄을 올려다보며 공중의 마술사에게 속내를 전한다. '배곯더라도 하루살이랑 풀어 주게. 물속에서 일 년 정도 유충으로 지내다 성충이 되어 이삼일 창공을 날고자 하는 생이랑 거두지 말게.'

사람들도 정신과 문화의 다양성을 존중하고 장려할 때 길이 생존해 갈 것이다. 관계망의 매듭 자리는 어디라도 소중하고 빛나는 것을. 자신을 사랑해야 할 이유다.

마음을 넓히니 여기저기서 새로운 소리들이 몰려온다. 참 아름답다.

마음의 문을 열며

마음의 아침은 몇 번 반복되는 소란으로 일렁였다. 콤플렉스가 근원지였다.

세수나 샤워를 하고 나면 침실 사물함 위에 놓인 조그만 거울을 보며, 실명한 왼쪽 눈에 콘택트렌즈를 끼우는 것이 첫 일이다. 연이어 건넌방으로 가 화장대 앞에 앉아 로션을 바르고 머리 드라이를 한다.

습관화된 이 짧은 행동이 반란을 일으키다니. 분명 렌즈를 착용하고 화장대 거울 앞에 앉았는데 렌즈가 보이지 않는다. 어인 일일까. 오른 눈에 불을 켠 채 마루와 두 방을 샅샅이 뒤졌으나 찾을 수가 없다. 그렇다면 눈 속에 숨었을 테다. 전에도 몇 번 그런 적이 있었다.

눈꺼풀을 최대한 뒤집기도 하고 살살 문지르기도 하며 밖으로 나타나도록 빌었으나 허사였다. 아침을 준비하는 아내를 불렀다. 여러 번 찾아낸 경험이 있는 손으로 눈꺼풀을 당기며 이리저리 살펴도 소용이 없다. 렌즈가 나의 콤플렉스를 한껏 들춰내기로 작정한 모양이다.

젊었을 때 다른 사람의 실수로 왼쪽 눈이 기능을 상실했다. 한 눈으로는 거리나 공간을 제대로 인식하지 못해 발을 헛디딜 때가 많다. 조심하노라니 주어진 시력에도 감사할 만큼 많은 세월이 지나고 있다.

문제는 시력 상실감보다 미관이 나를 아프게 하는 것이었다. 다친 눈은 왠지 서서히 작아지고 검은 눈동자가 희뿌연 색으로 변해 갔다. 의안을 할까 하다가 어느 안과의가 콘택트렌즈를 추천해 10여 년 동안 소중한 살붙이로 함께하고 있다.

눈도 숨을 쉬어야 하므로 집에 홀로 있거나 잠잘 때는 렌즈를 벗어 놓는다. 얼추 2년 동안은 아내나 작은아들이 착용하고 벗는 일을 도와주었었다. 나는 아무리 노력해도 불가능해 보였다.

한번은 곁에 가족이 없는 아침 시간, 직장으로 출근하려고 렌즈 착용을 몇 차례 시도했으나 성공하지 못했다. 하는 수 없이 안과의원을 찾아가 간호사의 도움을 받느라 지각하고 말았다.

누구나 하는 일을 내가 왜 못하랴 싶어 퇴근한 후 재도전에 나섰다. 렌즈를 손바닥에 올려놓고 살짝 비빈 후 검지 손끝에 얹어 눈동자를 덮으려고 하면 이내 밖으로 떨어지거나 손가락에 달라붙어 떨어지지 않았다. 수없이 실패를 거듭하다 신기하게도 렌즈가 눈동자의 새 옷이 되는 게 아닌가. 그때의 작은 희열은 지금까지도 도전의 불씨가 되고 있다. 거울을 안 보아도 성공할 수 있을 만큼 쉬운 일인데 왜 그리 힘들었을까. 어떤 조건이 아니라 예단이 실패를 낳는다는 것을, 자신감이 황금처럼 빛난다는 것을 체험으로 알았다.

저녁을 먹고 나서 햇볕이 사위어질 무렵이면, 아내와 함께 동네 놀이터에 설치된 기구들을 이용하여 운동을 한 후 다시 산책하며 집으로 향한다. 이때 종종 만나는 사람이 있다. 대머리에 검은 색안경을 쓰고 가벼운 복장으로 뛰어간다. 분명한 건 운동한다는 사실인데 나머지는 다 궁금하다. 사십대일까 오십대일까, 색안경을 벗으면 어떤 모습이며 왜 안경을 쓰고 있을까.

다친 눈으로 그 사람의 마음을 읽으며, "대머리 콤플렉스 때문에 색안경을 쓰는 것이 아닐까." 했더니, 아내는 머뭇거리다 그럴지도 모른다고 동의한다. 우리가 잘 아는 사람이 대머리인데 늘 모자를 쓰다가 결국 가발을 쓰는 것을 보면 짐작이 된다는 것이다.

나는 대머리를 보아도 전혀 이상한 생각이 안 든다고 하니, "당신도 다친 눈에 너무 과민한 거 같아요. 누가 당신 눈만 쳐다보나요?" 반격인지 위로인지 금세 아내의 말이 달려든다. 작품이라면 좌우 비대칭으로 의미를 강조하기도 하고 아름다움을 나타내기도 하련만, 자신의 비대칭 얼굴을 고스란히 품기란 쉬운 일이 아니다.

인공눈물을 잔뜩 넣고 왼쪽 눈을 수색한다. 한쪽 깊숙한 곳에서 검은 물체가 조금 보인다. 렌즈가 포개져 최대한 깊숙이 숨어 있었나 보다. 이런 경우에는 렌즈에 금이 가기도 하여 새로 구입하곤 했었는데, 다행스럽게 별 이상이 없다.

삶의 문제들도 가까이 있고 해결책도 분명 내 안에 있을 터이다. 그런데도 실패나 불행의 원인을 밖으로 돌리고 변명의 구실로 삼기

십상이다. 진정으로 자신을 위로하고 사랑하는 것은 자신의 몫인데도. 이제 두 눈을 활짝 열어야겠다.

뛰어봐야 벼룩인가. 돌아온 탕자처럼 나타난 렌즈가 반갑기 그지없다.

소망을 풍선처럼

무술년으로 넘어서는 건 찰나였다. 경건한 마음으로 새롭게 한 해를 펼쳐 주신 신께 감사드리고, 해맞이를 생각하며 잠자리에 든다.

물리적 시간은 째깍째깍 한결같이 흘러간다. 그러나 심리적 시간은 각자의 마음에 따른다. 마술처럼 빠르거나 느리게 흐르다가, 때로는 정지하는가 하면 과거로 역류하기도 하고 미래로 성큼성큼 건너뛰기도 한다. 그래서 사람들은 공평하게 주어지는 하루하루를 저 나름으로 사용한다.

새해 해돋이를 맞기 위해 나서기는 처음이다. 다섯 시 반쯤에 가까운 원당봉을 향해 차를 몬다. 기슭에 주차하고 홀로 친숙한 오르막길로 들어선다. 새벽이 낯선 곳으로 인도하는 듯 옷깃을 여미게 한다. 몇 사람이 앞서거니 뒤서거니 같은 방향으로 나아가는 발걸음이 힘차다.

가로등 불빛의 안내를 받으며 문강사 왼편 길로 올라가노라니 원당봉 정상 못 미친 곳에 예닐곱 사람들이 모여 자리를 고르고 있다. 얼마의 다과와 술병을 준비한 것으로 보아 고사를 지내려는 모양이다. 동살을 맞아 일 년 동안 행운과 무사안일을 기원하는 정성일 테다.

이른 시각 탓인지 정상에는 십여 명이 명상에 잠겨 있고 몇몇은 운동을 위해 능선 길을 빠르게 스쳐 지난다. 둥근 해를 보려면 한 시간 반은 족히 기다려야 한다. 옷을 따습게 껴입었는데도 어떻게 냉기가 스미는지 아랫다리와 어깻죽지가 시려 온다. 새천년 시비詩碑를 바람막이로 동편 하늘을 향해 선다. 해돋이 명소인 일출봉으로 향하는지 동쪽으로 나아가는 차량 행렬이 아득하다.

잠시 눈을 감고 새해의 소망을 펼친다. 요양원에 계신 노모로부터 멀리 떨어진 손주들에 이르기까지 얼굴을 떠올리며 건강하고 행복한 나날이 이어지길 기원한다. 세상 사람들에게도 평화가 함께하길 빌고, 사회의 화합과 국가의 발전을 위해 합장한다.

사람들은 나이 들수록 무위 무욕의 길로 들어서는데 나의 욕심은 풍선처럼 팽창한다. 훗날 이승에서의 생을 소명할 때 무슨 말을 해야 할까. 세상의 아름다움을 보고 듣고 느끼려 애썼노라는 말을 준비하려 한다. 들여다볼수록 자연은 경이롭다. 우주의 별빛, 들녘의 꽃향기, 흐르는 물과 바람의 수런거림…. 풀잎 속에도 신의 숨결이 담겨 있음에랴.

이것뿐인가. 사람들의 아름다운 영혼 앞에서도 정좌한다. 일전에는 열다섯 줄 유언으로 어미의 마음을 전한 글을 읽으며 눈가를 훔쳤다. 이런 대목이 있다. '자네들이 세상에 태어나 나를 어미라 불러주고/ 젖 물려 배부르면 나를 바라본 눈길에 참 행복했다네…/ 지

아비 잃어 세상 무너져,/ 험한 세상 속을 버틸 수 있게 해줌도 자네들이었네'

책을 읽거나 신문이나 인터넷을 뒤지다가 가슴 뭉클한 글을 대하면 공책에 적어 놓는다. 내 영혼의 양식으로 삼으려 함이다. 올해도 공책 한 권은 채울 수 있을 것이다.

시간이 지나면서 사람들이 많이 모여든다. 가족들, 친구들, 연인들 그리고 혼족들이 200명은 될 듯하다. 대부분 동편으로 시선을 꽂는다. 도란도란 이야기를 나누기도 하지만 분위기는 침묵의 소망으로 넘친다. 간절한 기도는 이루어진다는데, 작심삼일을 건너 습관화된 행동으로 결실을 맺으면 좋겠다.

예정된 시간이 지나는데도 태양은 구름에 가려 모습을 드러내지 않는다. 먼 산등성이에 산불이 번지듯 구름 가장자리가 붉게 물든다. 보이지 않는 것도 볼 수 있는 인간의 축복을 생각하며 아쉬움을 녹인다. 생의 마지막처럼 겸손하고 진지하게 일상을 열어야겠다.

부디 보석 같은 새해를 따뜻하게 포옹하기를.

필연

TV 채널을 돌리다 멈춘 곳은 황제펭귄을 다룬 다큐 프로다.

어제가 입춘인데 요즘 며칠 제주에도 폭설 속에 한파가 이어지고 있다. 그래서인지 남극지방의 눈보라 치는 풍경을 보니 동병상련으로 마음이 끌린다. 얼마나 진행되었는지 모르지만, 눈보라 속에 수천 마리의 펭귄이 무리 지어 추위를 이겨내는 모습이 처연히 다가온다.

주인공은 막내펭귄이다. 막내라는 말은 상대적으로 어리고 연약한 존재를 의미한다. 인간과 달리 자연계에서 막내는 성숙할 때까지 더 많은 위험에 노출되어 생존이 평탄치 않음을 예견할 수 있다. 막내의 체구는 또래에 비하면 절반 정도밖에 안 된다. 아빠 펭귄은 조그만 자식을 앞가슴에 품고 사냥하러 간 엄마 펭귄이 돌아오기를 애타게 기다리고 있다. 눈을 파먹으며 수분을 취할 뿐 아무것도 먹지 못한 채 즙액을 토해내 자식에게 먹이며 두 달을 버티는 부성애가 눈물겹다.

마침내 사냥을 마친 엄마 펭귄은 그리운 가족을 향해 100킬로의 여정을 시작한다. 마음이 바쁘다. 뒤뚱거리는 걸음을 재촉해도 악천후 속에 꼬박 이삼일을 쏟아야 한다. 멀리서 무리가 아롱거린다. 펭귄 가족들은 상봉을 위해 저마다의 목소리로 꽥꽥거린다. 비슷비슷한 모습에서 인간의 지문처럼 소리의 특성은 가족을 확인하는 열쇠다.

사냥을 마친 엄마 펭귄들은 일렬종대로 돌아오고 기다리는 아빠와 새끼도 줄지어 서로 지나면서 가족을 확인한다. 어떻게 이런 발상이 생겼는지 의아하지 않을 수 없다. 이뿐인가. 영하 20도의 강추위를 이기려 서로 뭉쳐서 시간을 보내노라면 안에 있는 무리는 체온이 오르고 바깥 무리는 체온이 내려가 자연스레 위치를 바꾸는 현상이 생긴다. 허들링의 지혜를 보노라면 탄생은 생존을 전제로 하고 있음을 실감하게 된다.

드디어 아빠는 엄마에게 새끼를 맡기고 사냥을 나간다. 은회색 털이 보송보송한 막내펭귄도 귀여운 모습으로 자라고 있다. 펭귄은 사회적 동물이다. 엄마 펭귄은 새끼 무리와 어울려 사회생활을 익히도록 내몰지만, 엄마 품을 고수하려는 막내가 애처롭다. 누구에게나 미지의 세계는 두렵고 뒤처진다는 것은 고통을 수반하게 마련이다.

막내는 서툰 걸음으로 주위를 돌아다니다 동료나 어른으로부터 머리를 쪼이기 일쑤다. 고통 속에서 성장해야 하는 운명은 어쩔 수가 없다. 부모로부터 번갈아 보육을 받는 가운데 막내의 체구도 제법 자랐으나 여전히 또래에 비해 왜소하다, 계절이 흐르면서 펭귄

부모는 거의 다 바다로 떠나고 약간의 보모와 새끼들만 남겨진다. 앞으로 알을 낳아 부화시키려는 예비 엄마가 보모가 되어 많은 새끼를 돌본다. 마음에 들면 가슴에 품기도 하지만 제 새끼만큼 애정을 쏟을 수는 없는가 보다.

막내가 어느 보모 곁에 있을 때 위기가 닥친다. 도둑갈매기가 날아들어 막내를 채가려 한다. 막내는 보송한 털을 한 움큼 뜯기면서 다행히 보모 곁으로 줄행랑이다. 포식자는 몇 번 새끼를 낚아채려고 시도하지만, 막내는 보모 곁을 돌며 위기를 모면한다. 가까운 곳에서 사체를 발견한 도둑갈매기가 그곳으로 이동할 때 나는 안도의 가슴을 쓸어내린다. 약육강식은 자연계의 법칙이라지만 생명이라는 일치감 때문에 늘 약자를 응원할 수밖에 없다.

여름철이 다가오자 새끼 무리도 모두 바다를 향해 대장정에 돌입한다. 이제 스스로 삶을 개척해야 한다. 막내도 열심히 무리를 따라가지만, 체력이 달려 뒤처지고 만다. 이 시점에서 막내가 맞을 생사의 운명에 가슴 조이며 힘내라고 응원을 보낸다.

막내는 작은 체구에도 정신은 강인하다. 포기하지 않고 기어이 또래들이 있는 바닷가에 이른다. 높은 얼음 절벽 위에서 검푸른 바다를 내려다본다. 누구도 감히 바다로 뛰어들지 못한다.

이 무슨 변고인가. 막내펭귄이 올라서 있는 얼음덩이가 녹아내리면서 함께 바닷물 속으로 떨어지고 만다. 놀란 막내는 소리 지르며 몇 번 바닷물 위로 솟구쳐 보지만 쉬이 얼음덩이 위로 올라설 수 없다. 처음으로 헤엄을 쳐 본다. 이내 몸놀림이 편안하고 물속이 외려 아늑하다.

사회적 동물에게 혼자서는 외롭다. 동료에게 돌아가야 한다. 미끄러운 얼음 위로 오르려고 안간힘을 쓰는 순간 저승사자인 바다표범이 추격해 온다. 이번에도 자연은 막내에게 기회를 줄 것인가, 숨이 가빠진다. 아슬아슬하게 위기를 벗어나며 얼음 위로 기어올라 동료들과 합류한다. 아휴, 긴 숨이 새어 나온다.

막내가 동료들에게 외쳤을 말을 상상해 본다. '우리는 하양과 검정이 극명하게 조화를 이룬 위풍당당한 황제펭귄의 자식들이다. 모두 용기를 내어 새로운 터전으로 나아갑시다.' 이윽고 막내는 앞장서 맨 먼저 얼음 언덕에서 바다로 뛰어내린다. 당당한 통솔력이다. 덩치 큰 또래들도 너나없이 낭떠러지 아래 바닷속으로 뛰어든다. 작은 거인의 담대함을 보며 무심결 손뼉을 친다.

주인공의 마지막 대사는 무엇일까. 침묵에 귀를 기울인다.

자연의 숨결은 필연이다. 우연 속에 숨어 있을 뿐.

낙수 1

기다리던 첫 수필집이 몇 개의 상자에 담겨 집으로 배달되었다. 얼른 서재로 옮긴 후 상자 하나를 열어 보석을 대하듯 조심스레 한 권 꺼내 들었다. 내 영혼이 둥지, 산뜻한 인상이 좋아 보인다.

먼저 하느님께 감사드리고 부모님 묘소를 향해 차를 몰았다. 내 이름이 박힌 책을 산소 앞에 놓고 큰절을 올렸다. 글을 모른 채 한 생을 사신 부모님께서 조용히 웃으며 기뻐하는 모습이 연상되었다.

집으로 돌아오며 흘러간 세월을 회상해 보았다. 아무래도 이상한 일이었다. 내겐 꿈, 간절히 이루고 싶은 꿈 없이도 그럭저럭 살아왔지 않은가. 웬만하면 책을 내는 시대이지만 내가 책을 내리라곤 상상조차 못 했다.

유년의 시간은 조그만 초가집에 거친 매듭으로 묶여 있었다. 돌덩이로 벽체를 쌓고 찰흙으로 구멍을 막아 놓았지만, 비바람이 틈새를 벌리기 일쑤였다. 집 안은 짚으로 바닥을 깔고 멍석을 펼쳐 거실이 되고 침실이 되었다. 한쪽엔 무쇠솥 두엇 걸어놓고 부엌이 되었고, 그 위로 횃대를 설치하여 대여섯 마리 닭의 둥지가 되었다.

쥐와 구렁이가 드나들었다. 나는 자연의 심연에 던져진 존재였다. 집엔 문명이 없었다. 글이 없었다. 글자가 무언지 몰랐다. 이름 석 자 익히고 초등학교에 입학했는지 가물가물하다.

외출했다 저녁에 돌아온 아내와 막내아들에게 책을 건네주었다. 표지가 맘에 든다며 수고했다는 말로 축하를 해주었다. 보기 좋은 떡이 먹기도 좋다는 말로 겹쳐 들렸다.

며칠 동안 지인들과 수십 명의 미지의 작가들에게도 우편으로 수필집을 보냈다. 얼마 후 대부분 사람이 메시지나 전화 또는 이메일로 출간을 축하하는 인사말을 전해왔다. 곁에 두고 정독하겠다는 말은 인사치레인 줄 알면서도 싫지 않았다. 대갚음으로 책을 보낸 작가도 있었고 자신의 블로그에 내 작품 하나를 올려놓은 수필가도 있었다. 기념도장을 파 준 문우도 있었고 식사를 함께하자는 지인도 있었다. 80대 중반을 넘어섰을 원로 수필가님은 손편지를 보내주셨다. 그 정성에 마음이 울컥했다.

수필집을 읽은 가족들은 나지막이 원망하는 속내를 드러냈다. 자랑거리가 못 되는 집안 내력들을 까발렸다는 이유에서였다. 나도 미안하고 후회도 되었다. 다만 마음의 습한 그늘을 밖에 드러내어 말리고 싶은 심정이었음을 밝히진 않았다. 앞으로는 밝은 내용을 쓰겠노라 스스로 다짐했다.

아내도 내 깊은 마음을 읽었을까, 언행이 예전 같지 않다. 곡진하게 대우하는 아내를 보며 미안하고 애틋한 생각이 들었다. 저녁 산책길에서 아내와의 대화가 제법 길게 이어진다. 많은 변화다. 만물의 양면성에서 밝은 면으로 다가갔으니 나는 그것으로도 족하다.

썩어도 준치라는 말이 있듯이, 나도 책을 냈으니 저자라는 말인가. 얼마 전 탐라광장에서 제주예술문화축전의 하나로 공연이 있었다. 무료 책 나눔 저자 사인회도 있으니 참석할 분은 신청하라는 메시지를 받았다. 얼른 신청했다. 어떤 상황인지 알고 싶었다.

공연장에서는 갖가지 노래와 춤이 이어지고, 그 옆에는 탁자들을 여러 개 연결하여 재능 기부하는 자리가 마련되었다. 다행히 책 나눔 자리에는 아는 얼굴들이 있어 어색하지 않았다. 사진을 찍어 주는 곳과 서예 글씨를 써 주는 곳엔 사람들이 몰렸다. 그에 비해 책을 읽으려는 사람은 별로 없는 듯이 보였다. 그게 오늘의 실상일 테다.

저녁엔 한 호텔의 연회장에서 예술인 교류의 장이 마련되었다. 제주특별자치도예술인상과 각 분야의 공로상이 수여되었다. 수상자들에게 큰 박수로 축하해 드렸다. 원탁에 둘러앉아 뷔페식을 하면서 이야기를 나눴다. 그 자리에 청일점으로 있으려니 좀 어색한 기분이 들었다.

한 여류 아동문학가가 수필에 대해 신랄하게 나무랐다. 수필가는 많은데 읽을 만한 작품이 없다는 것이다. 퇴고도 잘 안 하는 모양이라며 덧댔다. 속으로 다소 약이 올랐지만 어쩌면 그게 사실인지도 모른다. 그래도 침묵할 순 없어 수필은 경험을 토대로 하는 비허구 문학이기에 좀체 쓰기가 쉽지 않다고 볼멘소리를 했다.

호불호는 독자에 따른 각자의 취향일지도 모른다. 내 수필집에선

〈꽃종이 울다〉가 독자의 마음을 다소 움직이는 모양이다. 기념으로 캘리그래퍼에게 부탁해 제목의 손글씨를 받았다. 표구점에 맡겼으니 며칠 후면 서재의 벽면에 걸릴 것이다.

수필집을 매개로 전해 준 축하와 격려는 다시 글쓰기에 정진케 하는 용기를 북돋워 주었다. 최상의 찬사를 보내준 문우의 이메일 일부를 소개하며 고마움을 전한다.

문자로 말씀드릴까 하다, 문자의 가벼움이 선생님의 좋은 글에 누가 되는 것 같았습니다. 향기로운 문장, 가슴을 울리는 문장에 손을 놓고 잠시 숨을 고르기도 했지요. 어떻게 글을 써야 하나. 제 고민이 깊어졌습니다. 글감의 빈곤, 어휘력의 한계. 선생님의 정서가 부럽습니다. 동보 선생님의 작품평설까지 감동입니다. 곁에 두고 종종 책장을 넘기며 영감을 얻고 싶습니다. 풍요의 계절, 선생님의 글밭에 가을 햇살 가득하길 빕니다.

야윈 가슴을 채워주는 사람들을 떠올리며 밤하늘의 별빛을 본다. 고마운 사람들이다.

6부

인생 단상

세상 사람은 누구나 유일한 존재, 그 자체로 경이이며 축복이다. 어떤 삶도 나름의 의미와 가치를 지닐 터, 각자 걷는 길이 생의 정답이 아닐까. 더불어 살아가되 다른 사람과 너무 비교하진 말 일이다.

낙엽을 쓸며
갑질
부서진 날갯짓
뿌리를 생각하며
인생 단상
양심의 허실
살다 보면 살아진다
나의 빽
늙음을 나누며
온후한 얼굴만으로도

낙엽을 쓸며

밤새 바람이 난장을 일으킨 모양이다. 현관 앞은 물론 주택의 벽체 옆으로 자리한 분재 사이사이에 낙엽들을 비질해 모아 놓았다. 아직도 여흥이 끝나지 않았는지 바람은 자주 방향을 틀며 낙엽을 굴리고 있다.

기다란 나일론 빗자루로 낙엽을 쓸어 커다란 쓰레받기에 담는다. 모양과 색깔이 다양하다. 크고 작고 구겨지고 찢긴 잎사귀들. 알록달록하게 화장한 얼굴도 있고 앙상한 뼈마디에 누런 색깔이 달라붙어 있기도 하다.

푸른 세상을 떠나는 마음은 살아온 삶의 문양같이 가지가지일 테다. 혼자 당당히 이별을 고하기도 하지만 무더기 무더기로 뭉치는 걸 보면 처음 가는 세상은 두려움의 길인가 보다. 오직 생명을 유지하기 위해 광합성작용, 증산작용, 호흡작용의 소임을 한순간도 게을리하지 않은 생이었지 않은가. 그런 삶에 무슨 죄목이 있을 수 있으랴. 무슨 여한이 있으랴.

나는 낙엽을 보며 유한의 미를 생각해보곤 한다. 짧디짧은 생애인 줄 알면서도 허투루 보낸 날들이 어디 하루 이틀일까. 인간에게 영생의 시간이 주어진다면 지구가 만원이라는 문제를 떠나 삶 자체의 질이 퇴보할 것만 같다. 홍청망청 아수라장을 만들지 않을까 상상하게 되는 것이다.

생명체에 존재의 시간이 주어진다는 것은 그만큼 생명의 존엄성을 높이는 일이다. 많은 사람의 노고로 인간의 수명이 늘어나고 있지만, 특수한 사람이 아니라면 주어진 생이 길다고 불평하지는 않을 듯하다. 문제는 하루의 시간을 어떻게 사용하느냐에 따라 삶의 무늬가 달라지듯이 인생도 길이가 아니라 질일 테다. 짧아도 길게 산 사람들이 얼마나 많은가. 지워지지 않는 족적, 그게 떠나는 이가 가슴에 품을 선물이리.

바람이 분다. 건들바람이 정신 차리라고 몸을 스치며 지나간다. 바람의 마음을 헤아린다.

바람은 촉수 하나로 사는 외로운 존재인가 보다. 만물을 쓰다듬고 어루만진다. 무서운 것, 더러운 것을 가리지 않는다. 크고 작음을 가리지 않고 양지와 음지를 차별하지 않는다. 자신의 마음을 몰라준다며 때론 격한 감정을 드러내기도 한다. 고요하게 자신을 다스리는 슬기를 깨우치려는 술책인지도 모른다.

낙엽을 구덩이 안으로 살며시 내려놓는다. 흙의 품속에서 영면을 기원하는 것이다.

갑질

주식으로 되돌릴 수 없는 쓰린 경험을 했다.

투자는 장차의 수익을 위해 자금을 지출한다는 긍정적 의미를 지닌다. 그래서 사람들은 주식에도 투자하지만 빈 깡통에 수북이 허탈감만 담고 물러나기 일쑤다.

퇴직하면서 아내에게 여생의 용돈을 미리 받고 비상금까지 합쳐 주식에 투자했었다. 거기서 생기는 차익으로 용돈을 하려는 의도였다. 세상사 뜻대로 되는 게 무엇이랴. 원금 생각에 얼른 늪에서 헤어나지 못하다 보니 몇 년 못 가 바닥에 이를 지경이었다. 장밋빛 행운은 아무에게나 찾아오는 게 아님을 왜 진즉 체득하지 못했을까.

나름대로 종목 차트를 분석하고 귀동냥도 하면서 유망 종목에 투자하지만 늘 머피의 법칙만 찾아들었으니 한편 신기한 일이기도 하다. 오르리라 기대한 주가는 곤두박질치고, 인내의 한계에서 팔아버린 주가는 성큼 오르고, 약이나 올리지 말 일이지.

주식시장은 독심술의 난장판이다. 주가에는 갖가지 요인들이 작용하므로 귀신도 알 수 없다고 한다. 분명한 건 개미가 코끼리를 이길 수 없다는 것, 코끼리는 미리 내심을 드러내지 않는다는 것 그리고 함께 살기를 거부한다는 것.

사회 곳곳에서도 갑질로 지탄받는 일이 허다하다. 그 주인공들은 배려하는 마음을 잃어 건조한 인간미를 드러낸다. 국민 앞에 머리 숙인 모습이 허상으로 보이기도 하니, 면피용이라면 괴로운 연기일 것이다. 참회는 마음의 눈물을 드러낼 수 있지만, 가식은 인공 눈물이 필요할 테니까.

갑질은 인간에게만 발생하는 일이 아니다. 사람을 보듬어 주는 자연환경이 예제의 개발로 몸살을 앓고 있지 않은가. 이익 앞에서는 물불 안 가리는 인간의 탐욕, 언제면 을의 아픔을 깨달을까.

인내의 한계를 넘어서면 자연의 뒷발질은 끔찍할 터이다. 죽어 봐야 죽음을 알겠냐는 말처럼 늦기 전에 내면의 신음에 귀 기울일 일이다. 공생을 위한 길이기에.

부서진 날갯짓

겨울 초입의 어느 아침이었다. 잔디마당에서 여린 햇볕을 쬐며 무심히 거닐다 허공으로 시선이 쏠렸다. 거미 한 마리가 소나무와 매실나무 사이에서 열심히 투망하고 있지 않은가. 촘촘한 거미줄에는 생과 사의 시간이 펼쳐지는 듯했다.

거미는 한쪽에 비켜 앉아 먹잇감이 걸려드는 순간에 포박하려고 매섭게 응시하고 있었다. 그런데 거미줄 곳곳에 까만 점 같은 것들이 수도 없이 매달려 있었다. 작은 개미보다 더 작은 것들이어서 내 시력으로는 정체를 알 수가 없었다. 도대체 뭘까 호기심이 일었다.

왼손 검지로 거미줄을 당기니 서너 개의 흑점이 함께 딸려 나왔다. 서재로 들어가 필통 속에서 손잡이가 달린 동그란 돋보기를 꺼내 들었다. 햇살이 비추는 방향으로 시력을 한껏 부풀렸더니, 엄연한 생명체가 보였다. 작디작은 몸체 양옆으로 투명한 날개가 달려 있고 다리도 세 개씩 짝을 이뤄 붙어 있었다. 개중에 한 녀석은 거미줄의 손아귀에서 벗어나 손가락 위를 천천히 걸어가는 게 아닌가.

이름도 알 수 없는 한낱 미물에 불과했지만 나는 그것들의 날갯짓으로 이는 회오리를 상상해 보았다. 자기 몸체보다 수백 배나 높이 날아올라서 짝을 찾으며 군무를 펼치는 공동체의 운명 같은 것, 차라리 하루를 살더라도 여한 없이 사는 차원이 높은 종처럼 생각되었다. 인간이 어찌 다른 생명체의 마음을 다 읽어 내랴만.

거미는 한 입 거리도 아니라며 날것들을 그대로 놔둔 모양이다. 누구에게는 매우 사소한 일이 또 누군가에는 생명을 좌우하는 일이 되기도 한다.

바람의 부력을 헤아려 본다. 작은 날개라고 함부로 대할 일이 아니다.

뿌리를 생각하며

구덩이를 파려고 삽과 곡괭이를 들고 뒤란으로 다가선다. 과일 껍질, 음식물 찌꺼기, 낙엽 들을 파묻어 땅을 좀 걸게 할 셈이다. 지름이 삽자루 하나 반 정도이고 깊이가 절반 남짓 되는 구덩이를 파 놓으면 일 년 동안 사용할 수 있다.

겨울 초입에 찾아든 가녀린 아침 햇살을 받으며 팔을 걷어붙인다. 먼저 곡괭이로 굳은 흙을 쿵쿵 찍어 놓고 삽으로 떠서 옆자리로 치운다. 기계처럼 반복되는 동작으로 얼마 지나지 않아 온몸에서 열기가 일고 땀샘마다 문을 활짝 연다. 일에 몰입할수록 잡념이 사라진다.

머릿속에 그리는 구덩이는 쉬 제 모습을 드러내지 않는다. 뜰은 덤불이 무성하던 조그만 언덕의 한쪽을 깎아 만든 곳이다. 부엽토 성분이 사라져 매우 척박하다. 그래도 땅의 속살은 끊임없이 풍화작용을 받아들이며 푸성귀나 과수의 뿌리를 보듬는다. 겉흙은 세월 따라 가슴팍이 부서져 지렁이를 품을 만큼 부드러워지고 있다. 어느 가수보다 먼저 '아모르 파티'를 몸으로 부르는 것 같다.

땅을 파며 내려갈수록 인간의 간섭에 저항한다. 자존심인가 보다. 감히 지하의 왕국을 넘보냐는 듯이, 태곳적 시간을 간직한 흙과 자갈의 응집력이 놀랍다. 허리를 굽히고 펴는 동작이 잠시인데도 그새 뻐근하다. 나이가 헉헉거린다. 어쩔 수가 없는 건 어쩔 수 없지 않은가. 그냥 받아들일 수밖에.

곡괭이 끝자락이 제법 굵고 길쭉한 나무뿌리에 부딪힌다. 소멸의 길로 걸어가는지 두어 방의 세례에 푸석하게 부서진다. 아마도 가까운 곳에서 뻗어 나온 감나무의 뿌리일 테다. 2년 전 제법 오래된 단감나무를 베어내고 새로운 품종으로 교체했다. 크기도 작고 씨만 잔뜩 들어앉는 열매 때문에 타박 맞은 것이다. 잠시 허리를 펴고 있노라니 그새 생각들이 기웃거린다.

뿌리, 초목의 근원을 헤아린다. 묵묵히 환경을 수용하며 잎과 줄기를 키우고, 꽃을 피워 열매를 맺게 하는 헌신의 전형이다. 좀체 제 모습을 드러내지 않는 겸손의 거울이기도 하다. 작업하는 도중에 뿌리를 만나지 못했더라면 나는 감나무를 연상하지 못했을 것이다. 여러 해 동안 함께 하면서도 지상의 모습만 머릿속에 남아 있지 않은가. 본질적인 것은 눈에 보이지 않는다더니 이를 두고 하는 말처럼 들린다.

오래된 기억을 거슬러 더듬는다. 희미한 두 장면이 빛바랜 사진처럼 남아 있다. 그 기억을 단서로 정황을 유추해 본다. 다섯 살이 채 안 됐을 때였다. 할아버지가 돌아가시고 일포일이었을 것 같다. 우리 집과 이웃한 백부님 댁에 사람들이 오갔다. 나는 혼자서 우리 집 마당에서 돌멩이를 잡고 땅바닥을 그으며 놀았다. 그때 두 사람이 무슨 이야기를 나누며 술 취한 종조부님을 부축해 오고선 우리 집 마루에 눕혔다. 형님을 떠나보내며 술로 슬픔을 달래려 했을 것이다.

이튿날에는 멀리까지 내다보이는 언덕 자락에서 지관이었던 할아버지의 장례절차가 진행되었다. 일하거나 담소하는 사람들을 벗어나, 나는 높은 곳을 찾으며 홀로 걷거나 뛰어다녔다. 자연이 다정하게 손을 잡아 주었다. 11월 초입인데 하늘은 푸르고 높았으며 들판은 한없이 펼쳐져 있었다. 길게 뻗어간 나지막한 돌담, 여기저기 자리한 보리장나무와 사스레피나무, 바람에 하늘거리는 띠와 억새…. 모든 것이 신기하기만 했다.

기억력이 둔한 내가 어찌하여 이 풍광을 아직도 기억하는 것일까. 그 후 2년 동안 자라서 초등학교에 입학하던 날도 전혀 떠오르지 않는데도.

나도 할아버지 품에 안긴 적이 있었을까. 할머니는 내가 태어나기 4년 전에 돌아가셨고, 할아버지도 오랫동안 병석에 누워계셨다 한다. 할아버지와 관련된 기억이나 이야기 한 토막 남은 게 없다. 가끔 쓸쓸한 바람이 마음을 스쳐 갈 뿐이다.

아버지의 아버지를, 어머니의 어머니를 계속 이어 가면 시발점은 어디일까. 성경에는 하느님이 당신의 모습으로 사람을 창조하셨다고 한다. 성경은 수학이나 과학 또는 역사의 진리를 기록한 책이 아니다. 신앙의 눈으로 보아야 진리의 의미를 찾을 수 있다. 나는 날마다 천지의 창조주를 믿는다고 읊조린다. 달리 내 이성의 자리에 앉힐 말이 없지 않은가.

일전에 문우들과 금악리에 관광지로 개발 중인 탐나라공화국을 방문하였다. 1년간 유효한 여권[입장료]값으로 2만 원이나 헌책 다섯 권을 받았다. 영상문화에 밀려 텍스트가 기우는 걸 보며, 훗날 책이 어떤 것인지 모를 세대를 위해 책을 모은다고 했다. 돌밭을 일구며 꽃과 나무를 심고 연못을 만들고 돌덩이로 조각품을 만들고…. 상상의 나래를 문화의 뿌리로 키워 가는 사람들에게 박수를 보내지 않을 수 없었다.

생명체가 시간을 이어 가지 못하면 뿌리도 줄기도 잎도 소멸할 게 아닌가.

땀 흘려 파놓은 구덩이를 바라본다. 대지의 가슴이 되어 온갖 생명을 키워 주길 소망한다.

인생 단상

가끔 개똥철학을 할 때가 있다. '나는 누구이며 어디서 와서 어디로 가는 것일까?'

저마다 이런 질문에 대한 답을 헤아려 보지만 몇 걸음 못 가 고개를 절레절레 흔들지 않을까 싶다. 인생의 본질을 탐구하느라 일생을 바치는 철학자나 종교가라고 한들 명쾌한 답을 제시하진 못해 그 노역의 불은 꺼지지 않을 것이다. 원래 정답이 없는 것일까 아니면 답을 찾아내지 못하는 것일까.

인생에 정답이 없다는 것은 신의 섭리이며 축복이 아닐까 하는 생각이 든다. 만일 인생에 정답이 존재한다면 누구나 그 방식으로만 살려고 해서 세상은 매우 단조로워질 것이며 정답대로 살지 못하면 자학하는 몸부림으로 불행이 연속될 것이다. 자신의 삶이 정답인 것처럼 긍정적으로 수용하려는 마음이 힘든 세상을 헤쳐가는 든든한 방편일 테다.

함께 산책할 때면 종종 아내는 앞장서며 나의 걸음걸이를 재현한다. 오른쪽 어깨는 꽤 기울어 있고 오른쪽 다리의 길이도 다소 짧은 듯 절뚝거린다. 나는 두 어깨의 균형을 맞추며 바르게 걷노라고 하는데 그렇지 않은 모양이다. 요즘은 걸음걸이 모습이 더욱 볼썽사납다고 지적한다. 난들 반듯한 걸음을 원치 않을까만 고쳐지지 않음을 어떻게 하랴. 이미 굳어 버린 체형과 걸음걸이에 별 불편을 못 느낀다. 내 삶의 모습도 이러하지 않을까 되짚곤 한다.

사람들 사고의 틀도 굳어 버리면 바꾸기가 쉽지 않은가 보다. 이분법적 사고가 비장의 무기처럼 활개 치는 현실이 안타깝고 무섭기까지 하다. 자신은 선이고 정의이며 상대는 악이고 불의라는 흑백논리는 고슴도치의 가시나 다름없다. 사회를 통합하기보다는 갈가리 찢어 놓는다. 화합이 아니라 분란이다. 어쩌면 사회적 강자가 되려는 술수일 테다. 선량의 길은 상대가 죽어야 일어설 수 있는 외곬이며 그래서 공존을 배척하는 운명의 길을 걷는지도 모른다.

교단에서 정년으로 퇴임한 지가 벌써 여러 해다. 돌아보니 학생들에게 이분법적 사고만 흩뿌렸다는 생각에 부끄러워진다. 갖가지 고사에서 선다형 문항으로 사고의 틀을 얼마나 옥죄었던가. 맞는 것 또는 틀린 것을 고르거나 적합한 것 또는 적합하지 못한 것을 선택하게 하는 것이 주류였으니….

70년대 후반 시골의 한 고등학교에서 있었던 일이 생각난다. 명문 사범대학 지구과학과를 졸업하고 첫 발령을 받은 B 선생님이 1학년 생물 과목을 담당하였다. 학년말 고사가 끝나고 몇 명의 학생들이 정답을 확인하려 교무실로 찾아왔다. 어떤 문항일까 궁금하여 나의 눈과 귀가 그들에게 쏠렸다. 닭이 먼저냐 달걀이 먼저냐는 문제였다. 어느 걸 택해도 정답이라는 말에 학생들이 환호했다. 내가 이런 문제를 만났어도 무척 난감했을 것이다. 닭이 알을 낳으니 닭이 먼저야, 아니 알에서 병아리가 나오니 알이 먼저? 끝없는 순환의 길에서 헤매지 않을 수 있었으랴. 선생님의 자존심을 생각하며 아무 말도 안 했지만, 속으로는 변별력이 없으니 문항으로서의 가치가 없다고 나무랐었다.

시간이 흐르면서 내 생각이 역전되었다. 그 문제 참 맛깔스럽다는 생각을 떨칠 수가 없는 것이다. 호기심을 자극하며 사고력을 확산시키고 덤으로 모두에게 몇 점 더 주는 후한 마음도 전하니 얼마나 멋진 문제인가.

진화생물학자들에 의해 닭보다 달걀이 먼저라는 이론이 정립되었다는 기사를 읽은 기억이 떠올랐다. 인터넷을 검색했더니 최근에는 과학자들이 닭이 먼저라는 사실을 입증했다는 내용이 탑재되어 있다. 이 문제는 과학자들의 숙제로 남기고 요즘 그런 문항을 출제한다면 점수에 목매는 학생이나 학부모들이 어떤 반응을 보일지 무척 궁금해지기도 한다.

과거로 돌아갈 수 있다면, 쓸데없으면서도 쓸데없지 않은 엉뚱한 문제 하나쯤은 출제하고 싶다. 이를테면 이름을 대지 말고 자기 자신이 누구인지 묘사하라거나 또는 빛은 어둠을 불사르고 어둠은 빛을 드러내는 일을 하는데 빛이 되고 싶은지 아니면 어둠이 되고 싶은지 그 이유를 쓰라는 등의 문항을 출제하고 싶은 것이다.

물론 인생에 정답이 없다고 해서 아무렇게나 살아도 된다는 말은 아니다. 오히려 정답을 찾으려는 노력으로 자신의 삶을 존귀하게 영위하라는 의미일 것이다. 사랑을 베풀며 사는 것, 이것이 적어도 인생의 유사정답은 될 듯싶다.

세상 사람은 누구나 유일한 존재, 그 자체로 경이이며 축복이다. 어떤 삶도 나름의 의미와 가치를 지닐 터, 각자 걷는 길이 생의 정답이 아닐까. 더불어 살아가되 다른 사람과 너무 비교하진 말 일이다.

그냥저냥 살아왔고 살다 보니 살아지는 것을. 햇볕 한 짐 짊어지고 마당이나 서성거려야겠다.

양심의 허실

셋째 처남이 선물로 받은 난이 비실거린다며 살펴달라고 보내왔다. 오래전부터 난과 분재 키우기를 취미로 해온 터라, 의사가 감기약 처방하듯 쉬이 해결하리라 생각한 모양이다.

첫눈에 하란의 한 종류인 건란임을 알 수 있었다. 몇 개의 잎이 누렇게 변하긴 했지만, 병색이 심하지 않아 생명에는 지장이 없을 것 같았다. 그런데 미지의 난 가게 주인을 향해 나도 모르게 욕설이 튀어나왔다. 꽃을 취급하는 사람이라면 마음도 고울 것이란 선입견이 여지없이 무너졌기 때문이다. 허접한 상술에 젖었다 하더라도 너무도 무성의하게 심어 놓았지 않은가.

화분 바닥엔 스티로폼 조각을 몇 개 넣고, 서너 촉이 연결된 세 뭉텅이를 합쳐 화분 입구를 막아 놓은 꼴이었다. 위쪽에 중립의 휴가토 난석을 얇게 덮긴 했으나 눈가림이었다. 난석을 뿌리 사이로 밀어 넣지 않았으니 뿌리는 공중에 매달린 신세였다. 물을 주어도 쉬 말라 버려 수분을 충분히 섭취할 수 없으니 서서히 생기를 잃는 건 당연했다. 왠지 이마 양쪽에 뿔 달린 사람이 연상되었다.

부엽토와 붉은 송이를 섞어 화분을 꼭꼭 채우며 새로 난을 심고 물을 듬뿍 주었다. 여린 아침 해가 드는 앞 발코니에 놓으니 이내 생기를 되찾으며 고마움을 전하는 듯하다. 내 마음에도 생기가 돈다.

저녁에 동네 산책길을 걷노라면 클린하우스 지킴이와 마주치곤 한다. 육십이 가까워 보이는 아주머니는 참으로 성실해 보인다. 쓰레기함 주변은 물론이고 50미터는 족히 돌아다니며 길가를 깨끗이 비질한다. 그냥 시간만 보내는 듯이 보였던 이전의 지킴이와는 무척 대조적이다. 같은 소임인데 둘이 하는 행위는 하늘과 땅 차이다.

곁을 지나며 수고하신다고 인사하면 자연스레 답례한다. 짧은 말이나 웃음을 보낸다. 처음 인사를 건넬 때 함께 걷는 아내가 그러지 말라며 내 옆구리를 쿡쿡 찔렀다. 혹시 자격지심에 부끄러워할지 모른다는 염려에서다. 어제는 그녀가 먼저 우리에게 인사를 했다. 성실히 임무를 수행하기에 떳떳하고 당당할 수 있으리라. 진정성은 설명하지 않아도 전달되게 마련이고, 가면은 몇 겹이라도 드러나게 마련이다.

여러 해 동안 새벽이면 꼬박꼬박 배달되던 정기구독 신문이 일 년 전쯤부터 한동안 늦어졌었다. 보급소에 문의했더니 배달원이 바뀌어 그런다며 양해를 구했다. 이른 시각에 만나던 소식이 두어 시간 늦어지므로 해서 일상이 찌그러지듯 짜증스러웠다. 어떤 사정인지는 알 수 없지만, 신문은 빨리 배달될수록 독자가 좋아한다는 건 상식이지 않은가. 굳어진 내 습관이 문제일 수도 있지만, 직업의식이 많이 모자란 배달원이라고 나무라고 싶었다. 다행히 몇 달 전부터는 다섯 시가 되기 전에 신문이 배달되어 구겨지던 아침 출발이 회복되었다. 아직 얼굴을 마주한 적은 없으나 배달원에게 고마운 마음을 전한다. 복 받을지니.

지난해 11월에 대법원은 양심적 병역거부에 관련한 전원합의체 판결을 내렸다. 대법원장은 "양심적 병역거부는 병역법에 포함된 정당한 사유에 들어간다. 이로 인해 유죄 판결을 받은 원심은 심리가 잘못된 것이다."라고 말했다.

당연히 찬반양론이 일었다. 국가 안보를 이유로 국민의 기본적 인권이 침해돼서는 안 된다는 목소리가 있는가 하면, 총을 들지 않는다고 평화가 오는 게 아니라 안보가 평화를 보장한다는 주장을 외치기도 했다. 당연히 군필자나 군 복무자는 비양심적이라고 말할 수는 없을 것이다. 참된 종교라면 전쟁을 조장하거나 옹호하지도 않을 것이다. 필요악으로 평화를 원하기 때문에 총을 들어야 하는 게 현실일 테다.

성경에도 원하기만 하면 계명을 지킬 수 있다면서 인간에게 자유의지를 준 이유가 적혀 있다. 양심을 언행의 거울로 삼으라는 의미일 것이다. 턱밑의 점 하나까지 그리면서도 마음만은 알 수 없다는 노래처럼 객관적으로 측량할 수 없는 게 양심이요 마음이다.

매사에 일관되게 선을 추구하지 못한다면 양심을 들먹이지 않는 사람이 참 양심의 소유자일지도 모른다. 객관성을 상실한 양심은 허명이요 허상이다. 양심은 말이 아니라 행동의 본이기 때문이다.

하늘의 별을 종종 올려다봐야겠다.

살다 보면 살아진다

엄마 손을 잡고 집으로 향하는 서너 살 어린이를 가끔 만난다. 머리를 숙이며 더듬는 말씨로 "안녕하세요." 하고 내게 인사를 건넬 때면, 육지에서 사는 손주들과 겹쳐져 여간 반가운 것이 아니다. "안녕, 참 착하고 예쁘네." 하며 도로 인사를 전하면, 아이의 입가엔 미소가 이어지고 엄마의 눈빛은 더욱 밝아진다. 첫 만남의 짧은 인사로도 서로의 마음에 기쁜 파문을 일으킨다.

집 근처에 어린이집이 두 군데 있지만, 대부분 노란 버스를 이용하거나 자가용으로 오간다. 운이 좋아야 길에서 유아들과 마주친다. 일자리를 찾아 도심으로 떠나서일까, 젊은이들 만나기도 쉽지 않다. 굵은 손마디로 경운기를 몰고 가는 주름 파인 얼굴과 탈탈거리는 소리가 애잔한 삶의 풍경을 이룬다.

흔들리지 않고 피는 꽃이 없다 하거늘, 녹록한 삶이 어디 있을까. 자연은 짙푸른데, 사람들은 너나없이 힘들다고 아우성이다.

산아제한을 부르짖은 것이 엊그제 같은데, 옛말이 되고 말았다. 미 중앙정보국 '월드팩트북'에 따르면, 지난해 추정치 기준으로 한

국의 합계출산율(여성 1명이 평생 낳을 수 있는 평균 자녀 수)은 1.25명이며, 세계 224개국 중 220위다. 사람이 미래라며 출산을 장려하고 있으나 그리 밝아 보이지 않는다.

왜 비혼율이 늘고 있을까. 결혼은 의무가 아니라 선택에 불과하다는 삶의 방식이 다양해지는 탓도 있지만, 경제적 문제가 근간일 것이다. 당장 생계를 꾸리는 어려움에서부터, 자녀 양육비나 결혼 비용 등이 큰 부담으로 작용하는 듯하다.

그뿐인가. 통계청 발표를 보면, 경제협력개발기구(OECD) 국가 중 우리나라는 2003년부터 2015년까지 13년 동안 연속 자살률 1위라는 오명을 안고 있다. 38분당 1명이 귀중한 생명을 버린다니, 말문이 막힌다. 어떤 경우에라도 생을 포기하는 것은 죄악이라는 믿음 때문에, 선뜻 그들 마음 곁으로 다가설 수가 없다.

'이생망(이번 생은 망했다)'이라는 말을 접할 때면 슬픔의 너울에서 허우적거린다. 큰 바위가 가슴을 누른다. 이것저것 다 포기하며 견디다, 절망과 분노를 쏟아내는 심정을 어찌 나눌 것인가. 그 비통함을 어찌 삭일 것인가.

아장거리는 두 아들을 남기고 며칠 앓더니 꽃다운 나이를 접어버린 아내 앞에서 나도 한없이 울었었다. 그때 사람들은 '살다 보면 살아진다.'는 말로 나를 위로했다. 그 아이들이 자라서 아버지가 되고, 내가 할아버지가 되었으니 살다 보면 살아지는 것이 인생일 듯싶다.

결핍을 모르는 것은 또 다른 결핍이라고 하지 않는가. 슬픔과 고통의 골짜기를 지나지 않고 어찌 기쁨의 산을 오를 수 있으며, 절망 속에서 몸부림치지 않고 희망의 싹을 틔울 수 있을까. 가난을 겪어 보지 않고 어찌 한 줌 소유의 의미를 알 것이며, 사랑하는 이를 여의지 않고 사람을 꽃보다 아름답게 여길 수 있겠는가.

어느 시인은 몰래 잠깐 바람피우지 말고 '진짜 돌이킬 수 없는 사랑을 하려거든/ 한 지붕 아래에서 하라'고 노래한다. 한 수필가는 아무리 애를 써도 만져지지 않는 견갑골 아래 후미진 골짜기에 외로움이 산다고 했다. 가려움이야 효자손으로 해결되겠지만 사람 손이라야 외로움을 긁어낼 수 있을 터이다.

저녁 시간에 운동을 위해 아내와 동네를 걷는다. 가끔 손을 맞잡을 때면, 순식간에 촉감끼리 수많은 대화를 나눈다. '졸혼'이라는 말을 들어보았느냐고 했더니, 아내의 눈빛이 묘하다. 청각장애인이 소리를 보듯, 나는 눈빛을 듣는다. 아직 갈 길 멀었다고. 내게는 운명재처運命在妻인가 보다.

나의 빽

감칠맛 나는 방언처럼 때론 비표준어가 더 맛깔스러울 때가 있다. 뒤에서 받쳐 주는 세력이나 사람을 일컫는 '백'을 떠올리니 아무래도 매가리가 없어 보인다. 손에 들거나 어깨에 지는 가방이면 모를까, 뒤를 돌봐주는 사람은 '빽'이라는 된소리가 든든한 울타리처럼 들린다.

"여보, 날을 안 봐도 될까요?"

"날은 무슨. 하느님이 주신 날은 다 좋은 날이야."

일전에 아내와 주고받은 이야기다. 묵은 단층 기와집을 사고 이사하여 10년째 살고 있다. 지붕 어디쯤에서 비가 새는 게 골칫거리다. 그새 꼼꼼히 일을 잘한다는 사람을 불러 세 번씩이나 지붕의 기와와 벽체에 페인트칠했지만, 문제가 해결되지 않는다. 얼마 전 크지 않은 비에도 방 천장에서 뚝 뚝 떨어지는 빗방울 소리가 나를 고민에 빠뜨렸다. 여기저기 아무리 살펴보아도 젖은 곳을 찾을 수 없고 정확한 위치도 알 수 없으니 답답한 노릇이었다.

아내와 상의했다. 하루 이틀 살 집이 아닌 바에야 다소 부담이 가더라도 지붕을 교체하자고 의견을 모았다. 이럴 줄 알았으면 지난 해 돈 들여 페인트칠이나 하지 말 걸. 돈을 아끼려다 외려 돈이 더 들 형편이다. 혹 떼려다 혹 붙이는 꼴이 됐으니 여간 씁쓰레하지 않다.

외국에선 일반 가정집도 몇 세대 견뎌낼 만큼 튼튼하게 짓는다는데, 우리나라에선 30년만 되면 낡은 건물로 쳐 버리니 오랜 문화와 전통을 중시하는 유전자는 다 어디로 갔을까. 문제의 근원은 기술이 없는 게 아니라 부실공사로 잇속을 챙기려는 건축자의 양심 불량에 있을 것이다. 집 안으로 비가 스며들지 않도록 하는 건 건축의 기본이 아닌가.

1995년 6월 29일 수많은 사상자를 냈던 삼풍백화점 붕괴사고가 회상된다. 부실공사, 안전불감증, 탐욕 등이 빚은 부끄러운 한국인의 민낯이었다. 성수대교 붕괴사고나 대구 지하철 화재 참사 등 대형 인재가 발생할 때마다 자성의 목소리가 치솟다 금세 사라지고 만다. 이 순간에도 어딘가에선 교통사고로 귀한 목숨을 잃고 있을지도 모른다. 모두 '내 탓이오'를 조아리며 반성해야 마땅한 일이다.

지붕을 교체하려고 아내가 업자를 불러 견적을 내게 하였다. 평당 2만5천 원을 얘기하고 돌아갔는데, 저녁때 날아온 문자 메시지에는 평당 3만 원으로 되어 있다. 순간 죽순처럼 불신이 솟아났다. 며칠 후 다른 업자를 불러 물어보았다. 엇비슷한 견적이 나왔지만, 사용할 재료는 크게 달랐다. 나중의 업자에게 믿음이 갔다. 체구도 작고 안색도 초라해 보였지만 자세한 설명에 마음이 기울었다. 한

마디로 사람을 턱없이 속일 못된 사람은 아닌 것 같았다. 적어도 사흘 동안은 날씨가 좋아야 일을 시작할 수 있다며 일기예보에 신경을 썼다.

작업 첫날, 여러 명이 오리란 예상과는 달리 소위 사장을 포함하여 일꾼 셋이 일을 한다고 했다. 3명이 손발을 맞추며 빈틈없이 움직인다. 첫날에는 기와를 걷어 내고, 둘째 날에는 지붕의 곳곳에 각목을 대어 못을 박고, 셋째 날에는 샌드위치판넬을 덮었다.

근처에 사는 처조카가 찾아와 작업 광경을 보며 몇 가지 질문을 던졌더니, 사장이 버럭 화를 낸다. 전문가가 어련히 알아서 할 텐데 쓸데없이 작업을 방해한다는 것이다. 궁금해 물어보는 건 당연한 일이고 이러저러하다는 몇 마디면 되는 일인데 인상을 찌푸리다니. 일감을 따고 계약금과 중도금까지 받으니 본색을 드러내는가 싶었다. 불쾌감이 목구멍까지 차올랐지만, 꾹 참을 수밖에 없었다. 작업이 끝날 때까지는 상전으로 모셔야 할 게 아닌가. 계약에 없는 점심이지만 성의껏 잘해 달라는 의미로 날마다 근처 식당으로 모셔가 대접을 했다.

넷째 날에는 방수포를 씌우고 점심을 먹더니 돌아갔다. 다섯째 날에는 아스팔트슁글을 덮음으로써 지붕 교체 작업은 끝이 났다. 내 눈에는 만족스럽지 못한 곳들이 있었지만, 그냥 넘어가기로 했다. 아직 완불금은 주지 않았으니 큰소리칠 수도 있지만 사실 손이 많이 가는 걸 보며 눈감기로 한 것이다.

군데군데 검은 빛이 감도는 황갈색 지붕이 벽체의 색과 어울린다. 다시는 지붕에서 비가 새어, 마음이 고생하지 않길 소망한다.

내게 든든한 보호자가 있음이 참으로 다행이다. 하느님께 의탁함으로써 흔들리는 마음을 다잡고는 동티라는 말도 밟고 아무렇지 않게 지나갈 수 있다. 이사하며 커다란 은행나무를 베어낼 때도, 어머님의 장례를 치를 때에도 이런저런 관습에 구애받지 않고 일을 치렀다.

지붕 위로 성수를 뿌리며 가족들이 안전하고 평안하게 살 수 있는 집이 되도록 기원한다. 맑은 하늘이 축복의 눈길을 주는 듯하다.

늙음을 나누며

사람들은 석양 노을처럼 아름답게 늙어 가기를 바란다. 무병장수를 갈망하지만, 뜻대로 안 되는 게 인생이다. 끝자락에 스퍼트하는 마라토너처럼 살 수 있으면 얼마나 좋을까.

칠십 대 중반의 한 지인은 노인회에 나가면 커피 당번을 하노라 했다. 육촌 할머니는 올해 건강하게 100세를 맞으셨다. 120세까지 살 수 있다는 말이 성큼 다가선 모양새다. 문제는 오래 사는 게 아니라 할 일, 하고 싶은 일 하면서 건강하게 사는 것이다. 갓 고희를 넘어서며 나는 콜록거리고 있다.

봄철이면 꽃가루 알러지로 진저리나게 기침을 한다. 입을 열면 쏟아지는 기침 때문에 말을 할 수가 없다. 그 답답함이란 벙어리 냉가슴을 앞지른다. 다행히도 면역력이 좋아졌는지 요 몇 년 동안은 무사히 봄철을 넘겼다. 그런데 냉기로 알러지가 생기는 걸까, 지난달부터 기침으로 입을 봉해야 하는 슬픔을 맛보고 있다.

처음에는 감기 증상인가 하여 동네 내과의원을 찾았다. 며칠간의 약 처방으론 달라지지 않았다. 의사마다 나름의 비법이 있으리란 믿음으로 가정의학과를 찾았다. 역시 효과가 없었다. 종합병원의 소화기내과를 찾아갔다. 2주 치의 약을 먹고 낫지 않으면 정밀검사를 하자고 했다. 기대가 허물어졌다. 마지막 심정으로 이비인후과를 찾았다. 삼일 복용하니 차도를 느낄 수 있었다. 다시 5일 치의 약을 처방받고 완치되기를 고대하는 중이다. 다양성이 생존의 원리이듯이, 병은 자랑하라는 말이 실감 난다.

딸에게서 소식을 들었는지 육지의 사돈은 일회용 비닐에 담긴 도라지즙을 한 상자 보내 주었다. 아내도 속이 타는지 홍삼즙을 구매하여 마시게 한다. 어제 처형은 꿀에 섞은 계핏가루를 한 병 보내왔다. 면역력을 증진하고 염증을 치료하며 혈당 조절에도 도움을 준다고 한다.

계핏가루 한술 따뜻한 물에 타서 한 컵 마셨다. 머리끝에서 발끝까지 찌르르 전율이 흘렀다. 효능의 신호인지도 모른다. 얼마 후 머리가 히여뜩하기 시작했다. 저혈당 증세다. 얼른 혈당을 체크했다. 아니나 다를까 58의 수치가 나왔다. 초콜릿, 초콜릿 하며 아내에게 소리쳤다. 혈당을 높이려면 단 것을 섭취해야 한다.

혈당이 낮아지면 뇌혈이 제대로 영양을 공급받지 못해 식은땀이 나고 어지러우며 점점 의식을 잃게 된다. 심하면 쇼크로 사망에 이른다고 한다. 당뇨병과 벗한 지가 10여 년이다. 몇 번의 경험으로 저혈당 증세는 감지할 수 있지만, 그로 인해 뇌세포가 많이 손상된 건 아닐까 생각할 때가 있다. 저하되는 의식의 기능을 멍하니 바라볼 때면 무심결 초라해진다.

자신을 한심스럽게 여기게 되는 경우가 어디 한두 번이랴. 내가 사용한 물건을 어디 놔두고 찾지 못해 걸핏하면 아내를 부른다. 전등을 끄고 다니라는 말을 곧잘 잊어먹는다. 고구마를 삶다가 솥을 태우기도 하고, 달력에 기록한 일과를 스쳐버려 버스 지난 후에 손을 드는 경험을 하기도 한다. 쓸 만큼 써 꺼져 가는 형광등처럼 의식이 깜박이는 것이다. 추레한 의식의 몰골이라니.

며칠 전 아내는 대낮까지 별채 현관의 형광등을 끄지 않았다고 타박했다. 맨송맨송 겉도는 말이 오갔다.

“뇌세포가 많이 파괴되어서 그래요.”

“그러면 죽을 수 밖에.”

“나도 그러고 싶어요.”

이런 메마른 대화라도 나눌 말 상대가 있어야 외로운 노년의 길을 터벅터벅 걸을 수 있을 것이다. 밤 10시를 넘기고도 본채로 오지 않으면 아내는 별채로 오거나 전화로 확인한다. 혹시 책상 앞에서 잠들거나 무슨 일이 생겼는가 걱정해서다.

아내도 세월 따라 여기저기 아프다는 소리가 늘고 있다. 옛날부터 머리 아프다는 말엔 귀가 절어서 메아리가 없지만, 위가 아프다는 말에는 가슴이 덜컹거린다. 집안의 대소사를 떠맡느라 과민한 위장에 편안할 날이 있었겠는가. 엊그제부터 감기인 듯하다며 아침 늦도록 잠자리를 지킨다. 내 시선을 이불 삼아 덮어 준다.

남자에게 결혼은 엄마가 시키는 대로 하다가 부인이 시키는 대로 하는 것이란 우스갯소리가 있다. 살아 보니 별반 틀리지 않은 말이다. 남편이 가옥을 짓는다면 아내는 가정을 꾸리는 게 전통적인 흐름이었다. 젊은 부부들은 외장과 내장 구분 없이 넘나드는 추세다. 역할의 경계가 허물어지니 여성의 목소리가 커지는 건 당연하다. 남자들이여, 아내 말 들어 손해 보는 일은 별로 없으니 크게 걱정하지 마시라.

오늘은 아내가 머리를 염색해 주었다. 고혈압과 당뇨약을 타러 한 달에 한 번 병원을 들락거릴 때면 웬 주기가 이렇게 빠른가 생각하는데, 머리 염색의 주기는 더 빠르다. 10여 년 염료 냄새를 맡으면서 짜증 나고 싫을 때가 왜 없었을까.

부부가 해로하는 힘, 그건 아무래도 쫀득한 정인 성싶다. 사랑이 활화산 같은 거라면, 한국인의 정서를 대변하는 정은 따스하게 지펴 오는 군불일 것이다.

참나무 잉걸이 되고 싶은 날이다.

온후한 얼굴만으로도

삶이란 관계를 맺으며 소통하는 일, 눈 맞춤이 출발점이다. 코로나19가 낳은 비대면의 일상은 사람을 그립게 한다. 역시 부대끼며 살아야 제철 과일 맛이 날 것 같다.

요즘 며칠 사이에 낯선 사람의 소소한 언행으로 기분이 좋았던 시간을 떠올린다.

그제는 점심 후 동네를 산책하는데 마당의 텃밭을 둘러보던 장년의 남자가 "안녕하세요." 하고 인사를 했다. 나도 이내 "네, 안녕하십니까." 하고 답례를 했다. 모르는 사람끼리도 이렇게 인사를 나누니 기분이 좋았고, 걸음이 경쾌해졌다. 관심의 마력일 테다. 산행이나 여행에서처럼 자연스레 인사를 나누는 분위기가 이뤄진다면 좀 더 밝은 사회가 되련만.

일전에 테니스엘보약을 처방 받으러 병원을 찾았을 때다. 접수하려고 번호표를 뽑으러 가는데 앞서가던 여인이 번호표를 뽑은 후 뒤돌아 두세 걸음 걷다 발길을 돌려 다시 번호표를 뽑고 내게 건네는 게 아닌가. 낯선 사람에게 이런 배려는 말처럼 쉬운 게 아니다.

오지랖 넓다고 오해 받을 수도 있고 용무가 바쁠 수도 있으니. 장맛비 사이로 잠시 드러나는 햇살을 보는 기분이었다. 잔정이 많은 사람에게, 좋은 일 많이 생기길 기원했다. 보이지 않는 마음의 수눌음인 양.

또 한번은 밤새 비가 내리고 아침에 잦아들자 우산을 들고 운동 삼아 걸을 때였다. 꽤 넓은 물웅덩이 옆을 지날 때 하필 화물차가 다가왔다. 누구나 속도를 줄이는 게 상례지만 그래도 튕기는 물세례를 온전히 피하는 경우는 거의 없다. 이번엔 어떤 상황이 일어날까 걱정이 앞섰다. 차는 물방울 하나 튀지 않을 만큼 서행으로 지나갔다. 세상에 이런 운전자도 다 있다니 놀라웠고, '난 멋쟁이야' 하는 침묵의 소리를 들은 느낌이었다. 나의 운전 행태를 되짚기도 전에 얼굴이 붉어졌다.

세상엔 소소한 듯 소소하지 않은 마음의 등불을 켜고 사는 사람들이 많다. 이들로 인해 살 만한 세상인데, 물질에만 기울어 그 소중함을 간과하는 건 아닐는지.

누구나 나고 살다 죽게 마련이다. 그 가는 길에 행복한 웃음이 가득 피고 기쁨의 열매가 주렁주렁 달리기를 소망하지만, 뜻대로 안 되는 게 인생살이 아닌가. 살피며 걷는 길에도 늘 고통의 허방다리가 있어 허우적거리고 한숨 짓고 가슴 에는 시간을 피할 수는 없다. 이럴 때 용기를 내서 다시 일어설 수 있는 건 주변의 크고 작은 온정 덕분이지 싶다. 당시에는 작디작아 느끼지 못했지만, 시간이 흐른 후 뒤돌아보면 더욱 선명해지는 인간애의 눈빛들, 보석 같은 마음들이다.

존재만으로도 큰 힘이 되어준 사람이 회상된다. 어린 시절 학교에서 돌아와 어머니 심부름을 나설 때다. 5리쯤 떨어진 중산간의 외할머니댁을 다녀오려면 늘 무섭고 두려웠다. 바람처럼 내달려 보지만 왜 그리 어스름이 빠르게 짙어지는지. 운 좋게 멀리서라도 사람 모습이 보일 때는 일시에 불안이 사라지곤 했다. 이보다 큰 위안이 없었다.

사노라면 미워지고 꼴 보기 싫은 사람도 만나게 된다. 이럴 땐 생전 어머니 말씀이 앞장선다. "까마귀가 제 발 검다고 잘라 버릴 수 있느냐." 주변 상황을 다 품으며 살아낸 생의 여정이 얼마나 힘드셨을까.

서산마루에 서면 함께 마음 붉어지고 싶다. 얼룩진 내 마음, 이제부터라도 배려의 천으로 닦아야겠다. 그냥 온후한 얼굴만으로도 남을 돕는 일이라 하지 않던가.

《평설》

정복언 제2수필집 『뜰에서 삶을 캐다』

뜰은 그에게 사유의 공간, 창작의 산실

東甫 김길웅 (수필가 · 문학평론가)

1_

정복언은 2016년 시인으로, 이듬해에 수필가로 등단했다. 그 어간 수필집 『살아가라 하네, 2019』와 시집 『사유의 변곡점, 2020.』을 상재하면서 열화같이 타오르는 창작욕으로 문학에 정진해 온 작가다. 이렇게 시와 수필 두 장르를 병행하면서 연거푸 작품집을 내는 경우는 그리 흔치 않다. 두 해 사이 수필집 두 권, 시집 한 권으로 세 권의 작품집을 마치 농부 가을걷이하듯 거둬들인다. 작품집을 통해 문단 주변의 좋은 반향이 있었음을 우리는 익히 알고 있다.

『뜰에서 삶을 캐다』가 세 번째 작품집이라는 사실에 주목하면서, 등단 3, 4년 그새 작품집 셋은 괄목상대할 일이 아닐 수 없다. 작품이 있었기에 가능한 일로 그가 등단을 전후에 얼마나 창작에 몰두했는지 미루어 알 수 있다. 등단을 계기로 한때 불꽃같이, 그게 마치 문학의 완성인 것처럼 반짝거리다가 시대의 물결 속으로 사라지고 마는 많은 신인 시인 · 작가들에게 귀감이 되고 남을 일이다.

표제 『뜰에서 삶을 캐다』에 연유해 시인 수필가로 살아가는 정복언의 삶의 때깔은 흡사 그 뜰 속에 서 있는 한 그루 나무를 연상케 한다.

나무는 수많은 잎을 버림으로써 버린 만큼 성장한다. 정복언은 그간 뒤늦은 등단으로 문학적 성장통에 얼마나 많은 잎을 버렸을 것인가. 종심을 전후해 문단에 얼굴을 들이민 그의 이력을 나무에 포개 놓고 보면, 그가 그런 한 그루의 나무와 혹사酷似하게 다가온다.

2_

①나는 벤치에 앉아 오감으로 자연을 들이며 마음을 세척한다. 따라비오름의 정상 가까이 발걸음을 보듬어 준 계단에 감사한다. 그러나 무언가 결핍의 계단을 느끼게 된다. 더 높이, 더 높이 오를 수 있는 계단. 아마도 그건 사람마다 마음의 계단을 설계하고 구축하는 수밖에 없 을 것이다. 달에도 별에도 그 너머 은하수에 이를 계단.

내 인생의 흔적이란 계단 하나 남기면 누군가 감사히 밟고 오를까. 엉뚱한 생각을 엮어 가며 계단을 내려간다. 몇 개의 짐을 부려놓은 느낌이다.

-〈계단〉 부분

②푸른 세상을 떠나는 마음은 살아온 삶의 문양같이 가지가지일 테다. 혼자 당당히 이별을 고하기도 하지만 무더기 무더기로 뭉치는 걸 보면 처음 가는 세상은 두려움의 세상인가 싶다. (중략)

바람은 촉수 하나로 사는 외로운 존재인가 보다. 만물을 쓰다듬고 어루만진다. 무서운 것, 더러운 것을 가리지 않는다. 크고 작음을 가리지 않고 양지와 음지를 차별하지 않는다. 자신의 마음을 몰라준다며 때론 격한 감정을 드러내기도 한다. 고요하게 자신을 다스리는 슬기를 깨우치려는 술책인지도 모른다.

낙엽을 구덩이 안으로 살며시 내려놓는다. 흙의 품속에서 영면을 기원하는 것이다.

-〈낙엽을 쓸며〉 부분

①, ②는 장편수필이다. 길어서 7매 내외의 형식적인 제약을 받는다. 단편소설이 장편소설 속의 한 장절章節이 아니듯 장편수필 또한 분량을 뛰어넘어 장르로서 독자성을 지닌다. 함축, 암시, 생략, 요약, 절제를 요체로 꽤 가탈스러운 양식이다. 시종 밋밋하고 단조·경직된 패러다임에서 벗어나 해체와 일탈, 반어와 역설로 표현의 밀도를 높여 줌으로써 시종 문장에 긴장감이 감돈다. 정복언은 내공을 통해 장편수필에서도 누적된 좋은 성과를 보인다.

①의 '계단'이 단지 오르내리는 시설물에 머무르지 않고, '마음에서 달, 별, 은하수에'로 시야가 확대되고 있다. 엉뚱한 생각이라면서 '계단을 내리며 몇 개의 짐을 부려놓는다'라 독백하고 있는 그 행간을 읽어야 하는 책무를 느끼게 한다.

② 또한 단지 '낙엽을 쓰는' 행위의 단편적 서술이 아님에 주목할 필요가 있다. 화자는 낙엽을 '푸른 세상을 떠나는 마음'이라 하면서,

결말에 이르러 '흙의 품속에서 영면하기를 기원하는 것'이라 했다. 절제된 언어의 조합 속으로 주제가 녹아들고 있어 마치 동양화의 여백을 대하는 듯하다. 놀라운 기량이다.

> '겨울 나목'은 손바닥 비슷한 모양과 크기로 도톰하지 못한 게 다소 흠이나 풍경만은 압권이다. 회색 바탕에 짙은 검정 줄기와 몇 개의 가지가 수묵화로 뻗어 있다. 이에 더하여 하얀 눈이 사방에서 점점이 내리고 있지 않은가. 잠시만 바라보아도 눈과 뒹굴었던 시간들이 다가와 손을 내민다.(중략)
>
> 겨울은 시련의 계절이고 인생의 종착역이기도 하다. 희망을 품게도 하고 죽음을 생각게도 한다. 삭풍이 옷깃 속으로 파고들면 나목이 따스한 봄을 꿈꾸듯, 사람도 울음을 삼키며 희망을 손짓한다. 역경은 인내심을 키우는 자양분이며 쓰러진 마음을 일으키는 원동력이다. 매정한 듯 따스한 아버지의 손길 같다.
>
> -〈수석의 풍경〉 부분

자연의 신비에 싸여 있는 아름다움은 다가서서 열어보는 이, 완상하는 자의 몫이다. 먼저 자연속으로 들어가야 한다.

자연미를 안으로 들여 축경縮景의 오묘함을 실내에서 감상할 수 있는 작은 돌이 수석이다. 산수풍경을 연상케 하는 형상의 기묘함과 회화적 색채와 문양 그리고 환상적 미감을 지니면 수석감으로 일품이라 한다. 정복언은 그런 수석으로 애장석 '겨울 나목'을 들기를 주저하지 않는다.

가지가 '수묵화로 뻗어 있다'든지 눈을 맞추면 '눈과 뒹굴었던 시간이 다가와 손을 내민다'할 지경이다. 화자는 수석에 몰입해 꿈꾸고 힘을 얻고 울기도 하면서 희망을 손짓하기도 한다. '매정한 듯 따스한 아버지의 손길 같다'는 비유는 냉혹하리만치 섬세하다. 수석 곧 화자로 물아일체에 이르면서 의인법에 의한 교감이 자유자재로 돋보인다. 수석과 예사로이 말을 거는 가운데 마침내 감정이입의 경지에 이르고 있지 않은가.

그의 수필이 통속에서 한 발 벗어나 정갈하고 고상한 품격을 지닐 수 있었던 데는 이런 생활 속 정결한 것에의 아취雅趣가 몸에 배어 있어 그러했음을 비로소 알게 된다.

가끔 콘텍트렌즈가 까탈을 부린다. 동공에 밀착되지 않으면 틈이 생겨 공기가 스미면서 렌즈는 물기를 잃고 굳어져 눈을 아리게 한다. 그곳으로 저절로 손이 갈수록 렌즈는 접히며 무게를 키워 밖으로 떨어지려 한다. 이럴 땐 참 난감하다. 거울 있는 곳을 찾아 다시 끼우거나 서둘러 귀가해야 한다. 행여 렌즈에 금이 생길 양이면 새로 사야 한다.

눈의 본질은 의당 보는 것이라 생각했다. 겪어 보니 그것만도 아니다. 외모는 차치하고라도 눈물의 통로가 아닌가. 볼 수 있어 사람이 아니라 울 수 있어 사람이라는 생각이 앞선다.

어느 시인은 가을에 부디 아프지 말라고 위로하지만, 역설로 들린다. 맨눈으로 깊이 아프고 싶다.

-〈콘텍트렌즈〉 부분

외출 중에 콘텍트렌즈가 자리를 이탈하면 당혹스럽다는 사실이 설명이나 진술의 경계에 머문다면 수필의 작품성을 소홀해 무책임한 게 되고 말 것이다. 그게 수필이 되려면 가령 유현하지 않더라도 반드시 사유해야 하고, 의당 추상을 사물화하는 최소한의 성의는 보여야 한다.

이 수필은 정복언의 첫 수필집 『살아가라 하네』에서 볼 수 없던 변화의 전조를 띠고 있어 보인다. 화자는 '눈의 본질'은 보는 것만 아니라 하면서, '눈물의 통로'라 하고 있다. '볼 수 있어 사람이 아니라 울 수 있어 사람'이라 했다. 화자는 이 대목에 이르러 이미 자신의 눈에 철학의 콘텐트렌즈를 끼우고 있었던 것 같다. 세상을 명확하게 그 내면까지 보다 맑게 바라보고 있다. 이렇게 찬찬히 여과해 나온 결말 문장이어선지 작은 감동이 아니다. '맨눈으로 깊이 아프고 싶다.'

정복언의 수필이 속도감 있게 진화하고 있다 해야 할 대목이다.

①돌은 제주의 세포이며 돌담은 제주인의 숨결이다. 세월을 이어 온 삶의 발자취다. 내 유년의 첫 장난감은 돌멩이였다.(중략)

내 어휘 속으로 '삼다도'가 들어앉았을 때 비로소 돌은 자연의 자녀가 되었다. 지식이 자라면서 돌은 단단하고 무거운 정체

성으로 지구의 뼈대임을 의식하기 시작했다. 이제는 그 천태만상에 놀라고 예술성에 경탄한다.(중략)

돌은 제주문화의 바탕이다. 돌을 쌓아 초가집 벽체를 만들었고, 그렇게 울담을 둘렀다. 무수한 토지의 경계를 돌담으로 세웠으며 품이 넓은 돌하르방을 만들어 수호신으로 삼기도 했다.

②눈을 들면 어디서나 쉽게 볼 수 있는 돌담, 늘 정겹다. 서로 업고 업힌 돌담 모습이 선조들의 생활방식과 어찌 그리 닮았을까. 따뜻한 이웃으로 오순도순 손잡고 척박한 환경을 이겨 온 삶의 문화가 아름답고 자랑스럽다.

-〈돌을 읽다〉 부분

첫머리에서부터 '돌은 제주의 세포, 돌담은 제주인의 숨결, 삶의 발자취'라 빗대고 있다. 미시적인 접근이거니와 돌을 제주의 세포라 은유한 것은 탁월하다. 삼다도라 제주에는 눈길이 이르는 데마다 지천인 게 돌이다. '돌은 자연의 자녀, 지구의 뼈대' 또한 궤를 같이 하는 것인데, 돌에 대한 그의 의식의 흐름에서 '그 천태만상에 놀라고 예술성에 경탄한다'로 몇 걸음 진전한 뒤 잇달아 산담, 정주석으로 내달아 돌이 '제주문화의 바탕'이라 귀납하면서 계열화 · 체계화한 것에도 눈이 오래 머무른다.

이에 그치지 않고 ②결말에서 '돌담을 선조의 생활방식'과 합치시킴으로써 이웃과의 협동으로 척박한 환경을 이겨 온 아름답고 자랑스러운 '삶의 문화'로 승화했다면서, 제주 돌의 실체를 돌멩이 하나 버리지 않고 정독精讀했다는 느낌이 들 정도다.

제주문화의 핵심을 돌에서 발견한 것도 그렇거니와 '예술성, 삶의 문화'로 정립해 놓은 식견에도 감탄한다. 그러고 보니 그의 해석대로 제주문화에서 돌이 차지하는 비중은 절대적이다.

> 신의 언어는 다양하다고 한다. 심이를 기울이는 사람에게 침묵으로 전하기도 하고, 자연을 통해 암시하기도 한다. 사람에게 전하려는 메시지는 무엇일까. 이곳의 칡넝쿨을 닮지 말라는 분부일 것만 같다.
>
> 우리 사회에도 칡넝쿨 같은 화두가 몇 개 있다. 이를테면 '적폐청산'이니 '내로남불'이니 하는 말이다. 매우 정의롭게 들리지만, 인간애를 수반하지 않으면 해석의 양면성을 낳고 갈등의 씨앗을 움 틔운다.
>
> '사람이 먼저다'라는 말은 어떤가. 정이 넘치는 따뜻한 목소리다. 사람의 외연에는 응당 남녀노소, 너와 내가 포함되리란 믿음에서다. 시간이 흐르면서 온기를 잃어 가는 건 아닐까 우려된다. 이념이나 사상이 같은 사람들로 울을 두르는 느낌 때문이다.
>
> -〈걸으며 생각하며〉 부분

수필가는 담청의 하늘을 싫어하고 쾌청한 하늘 아래 온화한 봄날을 그리워하는 한 그루의 나무다. 현실의 나무는 대지에 깊이 뿌리를 내리고 있어 불안정한 기후 변화에 민감하다. '적폐청산', '내로남불' 같은 사회적 이슈, 특히 이념과 사상으로 갈라선 정파 간의 진영논리에 비판의 날을 세워 분노하고 때로는 저항한다.

늘 사람으로 살아가기를 갈망하는 화자에게 사람이 사람이기를 외면한 대립, 다툼 혹은 갈등처럼 볼썽사나운 것은 없을 것이다. 그것들은 소모적인 것으로 인간적 믿음과 온기를 송두리째 앗아간다. '같은 사람들로 울을 두르는 느낌'이라 에둘렀지만, 지식인의 금도로써 풍모를 지키려 하는 것일 뿐 속으론 말할 수 없는 감정의 굴곡을 억제하고 있을 것이다.

제목처럼 가까운 산을 오르며 나무와 풀을 보고 일망무제의 바다를 바라보다 문득 생각에 잠긴 것이 혼란스러운 사회상이다. 심성이 온후하고 매사 긍정적인 화자에게 이런 부류의 부조리를 주제로 한 작품은 그리 흔치 않다. 그러나 정의로운 작가에게서 모처럼 참여의식이 꿈틀거리면 너울로 칠 수 있다.

> 내 발걸음 소리가 스몄을 마당은 10년 전 처음 인연을 맺은 곳이다. 묵은 주택을 사서 이사하면서 집 주변의 묵정밭 같은 대지를 정리해 뜰을 만들었다. 잔디를 깔고 정원수와 화초도 심었다. 손바닥만 한 텃밭도 마련했다.
>
> 울타리 북쪽은 나지막한 곶자왈 동산과 이어져 수많은 생명체가 무시로 넘나든다. 뜰 안을 조금만 살펴보아도 다인종 대식구의 삶터임을 알 수 있다. 까치 직박구리 제비 참새들이 무시

로 공중에 길을 내고 크고 작은 나비들도 날개를 달았노라고 자랑한다. 까마귀쪽나무에 몸을 숨긴 채 휘파람새가 목청을 다듬고 두꺼비가 음치인 줄 모르고 사방으로 울음을 토해댄다.(중략)

나이 들면서 행동반경은 줄어들고 나를 반겨줄 사람도 적어진다. 그러나 자연은 변함없는 정을 베푼다. 마당은 어머니의 품을 잃지 않는다. 온갖 응석을 부려도 다 받아 준다. 심고 매고 뽑는 즐거운 놀이터다. 그러면서 배운다. 생명은 경이롭고 아름답게 순환한다. 머지않아 홍시에 취하고 단풍에 가슴 탈 게다.

-〈뜰에서 삶을 캐다〉 부분

작품에서 묘사하고 있지만 정복언은 풍성한 자연 속에 둥지를 틀어 삶을 누린다. 잔디 깔고 정원수 심고 분재 들여 손수 일군 뜰에서, 그는 뜰 안의 '다인종 대식구'들과 함께 부침浮沈하며 인생이라는 삶을 캔다. 교직에서 정년 퇴임한 뒤 도심에서 외진 곳에 마련한 집은 그의 삶을 부린 소우주요, 사유하고 집필하는 창작의 공간, 쾌적한 문학의 산실이다. 많은 이들이 인생 황혼기에 이런 삶을 원할 것인데, 그는 이미 자연인으로서의 나날을 보내고 있다. 결말 문장에 종심의 나이에 이른 그의 말년의 삶이 고스란히 녹아 있다.

"바람은 바람의 길을 가고, 나는 즐겁게 하루를 보내며 다시 맞을 것이다."

이 수필 한 편의 전개, 작품 속 수많은 말들이 이 한 문장에 집약됐다 해도 지나치지 않다. 제2수필집 『뜰에서 삶을 캐다』의 표제작이면서 두 번의 상재로 발표된 적지 않은 작품들 가운데, 정복언의 대표작으로 내놓아 손색이 없겠다.

> 70여 년을 살아오면서 고급 백화점을 들른 적이 몇 번 없다. 그러니 내겐 남에게 내보일 만한 브랜드가 없다. 어릴 적 설빔으로 구멍 난 양말을 교체하는 것만으로도 기분이 좋았고, 그런 마음 줄기가 내면으로 흐른 탓인지 커서도 반짝이는 금붙이를 크게 선망하진 않았다.(중략)
>
> 서울의 대백화점이건 시골의 장터이건 별반 다름이 없는 게 있다. 바로 생명체이다. 물건엔 진짜 가짜가 있을 테지만, 생명에는 그런 게 없다. 자체로 완성이고 가치다. 나는 오일장에 들를 때면 꽃이나 나무 가게에 눈길을 보내며 늘 한두 개 사 들고 온다.(중략)
>
> 삶의 활력이 떨어지면 다시 오일장을 찾아서 힘을 충전하려고 한다. 그 자리 그 할머니는 여전히 이전처럼 하루를 지키실까 살피기도 하고, 먹거리도 좀 사 들고 와서 아내와 나눠 먹으며 담소할 것이다.
>
> -〈오일장이 당기네〉 부분

상투적인 얘기일지 모르나, 수필을 진솔하게 작가 자신을 드러내는 문학이라 한다. 가식하거나 분탕해 치장하지 않고 살아가는 모습이며 사유하는 내면까지 속속들이 밖으로 내놓는다는 것이다. 이렇게 작가의 내밀한 속을 작품을 통해 구체적으로 만날 수 있는 것만큼 조우의 기쁨도 없을 것이다. 말 그대로 '진솔'한 만남이기 때문인데, 진솔한 것은 신선하기도 하다.

정복언의 작품 가운데 한 세계와의 진솔한 대면이 이뤄져 그것만으로 감동인 게 이 '오일장' 소재의 글이다. '고급 백화점을 몇 번 들른 적 없다.' '구멍 난 양말을 교체하는 것만으로도 기분이 좋았다. '금붙이를 선망하지 않았다' 등이 그것인데, 체면이나 위신을 버리지 않고는 이처럼 진솔하기란 쉽지 않다. 정복언 수필은 가장 인간적인 근본에서 발원하는 것이어서인지, 읽다 보면 글 속의 그의 마음을 은연중 신뢰하게 되는 것이 바로 이것이다.

오일장에서 살 수 있는 것들은 생명이고 그것들은 '완성이고 가치'라 한 것은 그의 수필이 각고면려의 내공에서 이뤄지고 있음을 단적으로 보여준다. 되풀이해 몇 번을읽게 하는데, 읽을 때마다 매번 숙연해진다.

> 내일 택배를 배달하겠다는 문자가 왔다. 하루가 지나면 첫 수필집이 내 품에 안기게 되나 보다. 예제 어색한 표현이 한둘일까만, 그래도 늦둥이처럼 품에 안으련다. 한 권 들고 먼저 부모님 산소를 찾아봬야겠다. 까막눈으로 세상을 사느라 서러웠는데 내 아들이 책을 내다니 기쁘다며 환히 웃으실 것만 같다.
>
> 내 영혼의 촛불을 켠 채 생명의 의미를 짚어 보고 삶의 고통을 나누고 싶었던 마음이, 어느 독자에게 전해져 작은 위안이라

도 된다면 얼마나 좋을까. 지나친 바람일 테다. 그저 삶의 넋두리가 내 슬픈 시간을 위로하는 것으로도 족하다.

가을걷이의 계절, 철없이 내 마음의 빈 뜰에 다시 글의 씨앗을 심는다. 자연의 노작은 늘 아름답다.

-〈가을걷이〉 부분

첫 수필집이 나왔다. 화자의 가을걷이인 셈인데, 그걸 가지고 부모님 산소를 찾아 겠다 한다. 아들이 처음 낸 책을 받아 보고 얼마나 기뻐할 것인가. 생전 "까막눈으로 세상을 사느라 서러웠을" 것이라 하며 어느새 화자 가슴 한구석 촉촉이 젖어 있으리라. 지극한 효성이 행간에 이랑을 내며 소리 없이 흐르고 있다.

다만, '생명의 의미를 짚어 보고 삶의 고통을 나누고 싶었던 마음'이 독자에게 전해져, '내 슬픈 시간을 위로하는 것'으로 족하다 했는데, '슬픈 시간'이라 한 표현은 여성적 정서일 뿐 아니라, 작가 자신의 과도한 겸손이란 생각이 든다. 인생에 대한 고독의 시간이면 몰라도 첫 수필집을 상재한 것은 그동안 매달려 온 문학의 성과로 얼마나 뿌듯한 일인가. 독일의 철학자 아도르노는 "진정한 선물 행위는 받는 사람의 기쁨을 상상하는 기쁨"이라고 했다. 더욱이 정복언 수필의 품격임에랴.

①아내도 세월 따라 여기저기 아프다는 소리가 늘고 있다. 옛날부터 머리 아프다는 말엔 귀가 절어서 메아리가 없지만, 위가

아프다는 말에는 가슴이 덜컹거린다. 집안의 대소사를 떠맡느라 과민한 위장에 편안할 날이 있었겠는가. 엊그제부터 감기인 듯하다며 아침 늦도록 잠자리를 지킨다. 내 시선을 이불 삼아 덮어 준다.(중략)

②오늘은 아내가 머리를 염색해 주었다. 고혈압과 당뇨약을 타러 한 달에 한 번 병원을 들락거릴 때면 웬 주기가 이렇게 빠른가 생각했는데, 머리 염색의 주기는 더 빠르다. 10여 년 염료 냄새를 맡으면서 짜증 나고 싫을 때가 왜 없었을까.

③부부가 해로하는 힘, 그것은 아무래도 쫀득한 정인 성싶다. 사랑이 활화산 같은 거라면, 한국인의 정서를 대변하는 정은 따스하게 지펴 오는 군불일 것이다.

참나무 잉걸이 되고 싶은 날이다.

-〈늙음을 나누며〉 부분

정복언은 부부간에 메마른 대화라도 나눌 말 상대가 있어야 외로운 노년의 길을 터벅터벅 걸을 수 있을 것이라 하더니, 늙음을 나누는 두 가지 경우를 넌지시 제시한다. 창을 열면 차가워진 산소가 폐속 깊숙이 들어온다. 이 한 호흡 속에 얼마나 큰 은총이 들어있는지를 느낀다는 것 아닐까. 지그시 암시적이고 은근하다.

①평소 가사 범절에 시달리느라 늦잠 자는 아내에게 잔소리 대신 시선을 이불 삼아 덮어 준다. 화자의 따뜻한 마음이 스미는 장면이다.

②남편인 화자의 머리를 염색해 주는 아내. 10년이란 긴 세월을 싫을 때도 있겠는데 짜증 한 번 낸 적이 없다 한다. 부부가 서로 간에 '늙음을 나누는' 독특한 방법으로, 대화 말고 이런 방식이나 통로도 있었다.

③이 모두 부부가 해로하는 힘이고 정이라 한다. 정복언 수필은 서술하되 단순한 설명에 그치지 않고 우회적인 화법에 의탁하는 수가 있다. 주제를 보다 선명하게 하면서, 여운을 수반하는 효과적 수단이 되고 있다.

3_

정복언은 시와 수필 두 장르를 넘나들되, 그렇다고 결코 두루뭉수리하는 법이 없다. 시인지 수필인지, 둘의 절충양식인지 그 경계에 머물러 애매모호하지 않다. 두 장르의 이중성 · 중도성을 배제하려고 시종여일 노력한다. 시는 시이고 수필은 수필이라는 원칙에 분명한 선을 긋는 작가다. 시의 언어가 다르고 수필의 언어가 다르다는 것을 일찌감치 체득한 그는 시가 자신의 메타포이고, 수필이 개성적인 문체여야 한다는 자기의 개성적 체질에 철저하다.

시는 감탄하고 소설은 장황하고 희곡은 폭발하고 수필은 절제해야 한다고 말한다. 그의 수필 속에 마치 풀잎에 맺힌 아침 이슬 같은 영롱한 빛이 보석처럼 숨어 있는 이유, 그의 수필에 봄날 훈풍 아래 하늘거리는 감미로운 촉감이 가슴을 울리면서 잠든 영혼을 깨워 놓는 이유, 그건 도대체 무얼까. 그에 더해 아직도 채워지지 않은 양 에메랄드 봄 하늘에 닿아 구름으로 흐르는 섬세한 눈빛으로 남는 까닭은 무얼까를 생각게 한다.

장르의 독자성을 존중하면서도 그의 시는 수필적이고, 그의 수필은 시적인 서정에 흠뻑 젖어 있다. 따라서 그의 시와 수필은 놀랍게도 퓨전적이라 한통속이 되곤 한다. 그의 수필은 그만한 층위에서 허물을 벗으며 우화羽化하려 일일신日日新하는 중이다.

피라미드는 밑면이 넓을수록 높이 쌓을 수 있다. 수평과 수직이 균형을 이루기 위한 무게 중심이라는 이치를 따라야 이른다. 그렇게 하고 싶던 문학을 안에다 꾹꾹 눌러 놓아 일흔에 이르러야 탯줄을 끊었다. 그러고 나니, '이건 아니다 한 서른의 나이쯤에 시작한 것으로 기점을 찍자, 그리하여 남보다 한 발짝 앞서 도착점에 닿자.' 한 게 영락없이 들킨 사람, 정복언이다.

문학을 향한 그의 집념은 외려 집착에 가깝다. 이제 글쓰기는 정복언의 일상이 된 지 오래다. 단 몇 줄이라도 끼적여야지 그러지 않고는 아무것도 할 수 없다. 그에게 글 한 줄 안 쓰고 그냥 넘어가는 날은 없을 것이다.

대부분 소재가 '뜰에서 캔 삶'과 무관하지 않아, 자연 친화적이다. 거기다 종국에 존재론적 접근으로 양자가 혼융하는 것, 그의 문학이 깊은 사유에서 빚어나온 것이라 철학의 둘레를 벗어나지 않는다. 그리고 풍부한 어휘 구사와 적확한 표현의 치밀한 문장, 탄탄한 구성력은 장차 정복언의 수필이 확장할 수 있는 굳건한 토대라 적시해 둔다.

인과율에 과정 없는 결과란 기대하기 어렵다. 정복언이 어여쁜 꽃, 실하고 탐스러운 과실들을 '뜰'에서 '캐어' 두 손안에 놓고 그 앞에서 득의만면 웃고 있다.

사유의 공간, 창작의 산실 그의 '뜰'이 보고 싶다. 풀과 나무와 꽃과 분재들이 한 자연으로 앉되 서로 간 벽을 허물고 말을 걸며 환호작약하는 곳이라는데, 그런 안온한 둥지라는데, 자연 속에 나무 풀새 그리고 사람이 어우러진 혼융의 세상, 화엄華嚴의 세계일 텐데….

작가 정복언에게 끝으로 한마디만 하고 싶다.

"인생은 축복이다. 사랑하는 사람이 있고, 사랑할 수 있다는 건 곧 행복이다. 사랑이 깊으면 아픔도 크므로 원망하며 절망할 때도 있지만, 음악을 듣고 독서에 빠지고 작가는 글을 쓴다."

정복언 제2수필집
뜰에서 삶을 캐다

초판인쇄 2020년 10월 12일
초판발행 2020년 10월 15일

지은이 정복언
펴낸이 노용제
펴낸곳 정은출판
주 소 서울특별시 중구 창경궁로 1길 29(3F)
전 화 02-2272-9280
팩 스 02-2277-1350
이메일 rossjw@hanmail.net
ISBN 978-89-5824-416-5 03810

값 13,000원

· 이 책은 제주특별자치도, 제주문화예술재단의 2020년도 문화예술 지원사업의 후원을 받아 제작되었습니다.